A S

AUGUSTO GANSSER

AUS DEM LEBEN EINES WELT-ERKUNDERS

Herausgegeben von
Ursula Markus

Texte:
Ursula Eichenberger

Vorwort:
Oswald Oelz

AS VERLAG

Der Verlag und die Herausgeberin danken folgenden Personen und Institutionen, welche die Herausgabe dieses Buches gefördert haben:

Geologisches Institut, ETH Zürich
Dr. Gerberten Bosch Stiftung
Ernst Göhner Stiftung, Zug
Schweizerische Stiftung für Alpine Forschungen, Zürich
Schweizerische Vereinigung von Petroleum-Geologen
und -Ingenieuren, Zürich
Hans Vontobel Stiftung zur Förderung
des Gemeinwohl, Zürich
Ernst Wieland AG, Zürich
Büro für Technische Geologie AG, Chur

Schweizerische Eidgenossenschaft
Confédération suisse
Confederazione Svizzera
Confederaziun svizra

Eidgenössisches Departement des Innern EDI
Bundesamt für Kultur BAK

MIGROS
kulturprozent

Alle Bilder stammen von Augusto Gansser ausser:
Markus-Gansser, Ursula: S. 9, 16, 17, 131, 155, 156 l
Kali, der Koch: S. 50
ETH-Bibliothek Zürich, Bildarchiv / Heim, Arnold:
Umschlag vorn, S. 55, 58, 62, 69

www.as-verlag.ch

2. Auflage 2009

Gestaltung: www.vonarxgrafik.ch, Heinz von Arx, Urs Bolz, Zürich
Druckvorstufe/Fotolithos: Matthias Weber, Zürich
Druck: Kösel GmbH & Co. KG, Altusried-Krugzell
Einband: Josef Spinner Großbuchbinderei GmbH, Ottersweier
ISBN 978-3-909111-58-9

Inhalt

Augusto Gansser:
das Geheimnis erfüllten Lebens.

Oswald Oelz

Das Leben prägt unser Gesicht, Augusto Ganssers Altersportraits vermitteln die Heiterkeit der Seele, so wie die Bilder, die er von den Menschen machte. Im Lächeln des alten Mannes strahlt die Weisheit eines erfüllten Lebens, Wohlwollen gegenüber Dingen und Menschen und abgeklärte Gelassenheit. Das Glück, in Ruhe zurückzublicken.

Diese Augen haben viel gesehen, manches als Entdecker zum ersten Mal und anderes, das heute unwiederbringlich verloren ist: Grönland und seine Eskimos in seiner Ernsthaftigkeit und Harmonie, den heiligen Berg Kailas, bevor er zum Rummelplatz wurde, verborgene Ölseen, deren Ausbruch und Brennen in Persien, den heiligen See der verborgenen Schätze in Lunana und ausgebrochene Gletscherseen, die weiter unten Tod und Verwüstung gebracht hatten. Immer wieder öffneten sich dem Suchenden neue Panoramen und Horizonte, mit der ewig unstillbaren Neugier nach dem, was dahinter ist. In diesen Landschaften fand Gansser Menschen zwischen den Steinen und Eisschollen, Indianer, Yak- und Kameltreiber, Jäger, Sherpas, Studenten, Wissenschaftler, Nomaden, Gauner, die Frauen von Laya und die Mönche im Tongsa Dzong. Er sprach mit dem König von Bhutan, Deng Xiaoping, den Spitzen der National Academy of Sciences der USA und seinen Studenten. Daneben oder eigentlich im Zentrum wuchs die Familie und verlöschte schliesslich die Liebste.

Das Geheimnis eines glücklich erfolgreichen Lebens liegt zunächst einmal in den Genen und der frühkindlichen Prägung. Augenfällig wurde Augusto Gansser in dieser Hinsicht vom Schicksal gesegnet, seine robuste Physis erlaubte ihm Gewaltmärsche und Strapazen unter kärglichsten Bedingungen. Solche Abenteuer erlebte er mit Freude und sah in dieser Arbeit und den gewonnenen Erkenntnissen Sinn und Zweck des Lebens. Voller Begeisterung strahlte er mich an, als ich ihn im Frühjahr 1981 um Informationen über die Shisha Pangma bat und er mir beim Abschied sagte, ich möge ihm doch einen kleinen Stein von diesem wunderschönen weissen Granit der Gipfelregion mitbringen. Als ich ihm den weissen Stein dann brachte, strahlte er wieder. Und so wurden Kristalle und Gipfel zu Quellen seiner erfüllten Zufriedenheit, ebenso wie die Begegnung mit den Menschen. Gansser mochte Menschen, und man muss Menschen mögen, um glücklich zu sein.

Der Mann forschte mit jener unstillbaren Neugier, die den echten Forscher auszeichnet, der Unbekanntes um der Erkenntnis willen entdecken will und nicht zur Karriereförderung und zur Hebung des Impact Factor. Er wusste, dass jenseits des sich weitenden Horizonts neues, unbekanntes Land voller Risiken und Wundersamkeiten liegt, das es mit querköpfiger Zähigkeit zu erkunden gilt. So wurden Hindernisse zur Herausforderung und nicht zur hemmenden Barriere. Dabei verbarg sich hinter den blauen Augen des zähen Pilgers mit dem Geologenhammer die notwendige Schlitzohrigkeit, mit der er Grenzhüter und andere Bremser überlistete. Dies eröffnete ihm den Urwald von Kolumbien mit Papageien und Piranhas und brachte ihn auf den Lehrstuhl für Geologie der ETH und Universität Zürich. Und nach Persien, Trinidad und Kumaon.

Der vorliegende Band ist eine Anweisung, wie ein glückliches erfolgreiches Leben zu führen ist. Die Voraussetzungen sind Neugier, Begeisterungsfähigkeit, Zähigkeit und Leidensfähigkeit. Das Finale ist friedvoll und tröstlich im Klang der Glocken der persischen Leitkamele, eintauchend in die Schätze der Erinnerungen.

«Mit dem rechten Auge sehe ich nur Schönes»

Geboren 1910: Abenteurer, Forscher, Professor, Ehemann, Familienvater

Er kneift das rechte Auge zusammen, zieht die Braue über dem linken hoch, versprüht diese stahlblau hinterlegte Lebhaftigkeit, die nur noch aus einer Pupille stammt, und sagt: «Auf dem linken Auge bin ich komplett blind, mit dem rechten sehe ich nur Schönes.» Ein Satz, der so typisch ist für den 98-jährigen Augusto Gansser, über dessen Lippen kein Wort der Klage kommt, der in allem das Gute sieht und dessen Gesichtszüge und Mimik neben würdevollem Alter unverbrauchte Vitalität ausstrahlen.

Dabei ist der Lebensradius des grossen Welt-Erforschers klein geworden. Seine kurzen Schritte hinter dem Gehbock beschränken sich auf die Distanzen zwischen Schlafzimmer, Bad, Wohnzimmer und Veranda. An guten Tagen tastet er sich die Steintreppe hinab in den Garten, der wie ein grosses, geschütztes Vogelnest auf dem Hügel ob Lugano thront; dann geht er vorbei an der Azalee und dem Olivenbaum bis hin zum Ziehbrunnen, zur Magnolie und zur Birke – dem Zuhause zweier Raben, die tagaus, tagein auf ihre Käserinden warten. Jeder Schritt in den hochgeschnürten Lammfellschuhen ist wohl überlegt, jeder Handgriff sitzt, nichts ist dem Zufall überlassen. Unter dem weissen Haarschopf, über dem er seit einiger Zeit Tag und Nacht eine crèmefarbene Wollmütze trägt, verbirgt sich ein Kopf, in dem grosse Klarheit herrscht, ein verblüffendes Gedächtnis, ein starker Wille.

Auch wenn das Lesen mit nur einem Auge anstrengend geworden ist, durchstöbert er täglich die Zeitung und ist über Geschehnisse nah wie fern bestens informiert; das Hörgerät setzt er zwar erst nach

Wie ein grosses Vogelnest: Augusto Gansser in seinem Garten in Lugano.

Meterlange Bestände: Seit 1929 führt Augusto Gansser minutiös Feldbuch.

Ablagen wie Sedimente: Gansser am ehemaligen Esstisch (rechte Seite).

mehrfacher Aufforderung ins Ohr, doch dann lauscht er voller Interesse und Einfühlvermögen den Erzählungen seiner Besucher. Ihre Namen hält er in gestochener Schrift und mit ruhiger Hand in der schmalen Agenda fest, die er stets bei sich hat. Ein Leben lang hat er geschrieben, skizziert, kartografiert, gezeichnet. Heute beschränken sich seine Notizen auf die Mondphasen und die Zusammensetzung des Menüs, das ihm seine Nachbarin täglich bringt. Dazwischen vermerkt er die Tage, an denen die Damen des Hausdienstes, die morgens und abends vorbeischauen, ihm ein Bad gönnen.

Einen Satz wiederholt er immer wieder: «Je älter man wird, desto wichtiger sind die Erinnerungen.» Von deren Reichtum zeugt jeder Winkel seines Daheims. Das 250-jährige Haus kaufte sein Vater zu Beginn des Zweiten Weltkrieges, nachdem er als Oberst den Auftrag erhalten hatte, die Grenzregulierungen mit Italien zu kontrollieren. Hinter den dicken Steinmauern und unter den hohen Decken erzählt jeder Gegenstand eine Geschichte aus Augusto Ganssers reichem Leben. Büchertürme balancieren neben vollen Regalen, auf beschrifteten Kisten stapeln sich geologische Karten. Der Esstisch, an dem ehemals 14 Personen Platz fanden, ist zur meterlangen Ablage von Papier, Skizzen, Karten, Büchern und Mappen mit Aufschriften wie «Eigene Helgen ab 1928» geworden. Sein Arbeitszimmer wirkt so, als sei er gestern noch am Schreibtisch gesessen; ein Schleier von Staub verrät, dass dem nicht so ist. Auf einem schmalen Regal unter dem Fenster reiht sich Feldbuch an Feldbuch, die meisten in dünnes Leder gebunden, lange Passagen in Spiegelschrift verfasst, um seine geologischen Erkenntnisse in Sicherheit zu wissen. Die ersten Auf-

NATIONAL ACADEMY OF SCIENCES
OM
HIMALAYAS

Der Älteste: Augusto und seine Geschwister Fritz, Leni, Maria und Anita.

zeichnungen datieren von Ende der zwanziger Jahre, sie reichen bis ins Jahr 2004. Viele Seiten sind zeichnerische Kunstwerke: Miniaturen seltener Pflanzen; Hunderte von Bergpanoramen; Quer- und Längsschnitte durch Gebirgszüge; sorgfältig gezogene Linien, beschriftet mit unzähligen Zahlen, Höhenangaben, Winkeln – Gedankenhilfen fürs Erstellen von Karten aus Ländern, die vor ihm kein Geologe betreten hat. Gegenüber seinem Arbeitstisch hängt ein in Stein gemeisseltes Gebet aus der Region des heiligsten Berges der Welt: 1936 hat Gansser als erster Forscher den Kailas in Tibet umrundet; wertvolle Thangkas aus Bhutan zieren die Wand neben dem Kamin – Geschenke der Grossmutter des heutigen Königs; in einer Glasvitrine glänzt selbst gewaschenes Gold, aus einer anderen funkeln Steine in allen Farben und Formen – darunter ein rübengrosser Smaragd, den Augusto Gansser 1946 in den Windeln seines jüngsten Sohnes Luca versteckte, als er und seine Familie auf einem englischen Flugzeugträger Kolumbien verliessen.

Umgeben von diesen sichtbaren Erinnerungen lebt Augusto Gansser seit acht Jahren allein. 2000 ereignete sich die «einzige wirkliche Katastrophe in meinem Leben»: seine Frau Linda, genannt Toti, starb. Während 63 Jahren war Toti sein Lebensmittelpunkt, seine nie kleiner werdende grosse Liebe. Er wird wortkarg, wenn es um sie geht. Beim Durchblättern von Familienalben bleibt er bei ihren Bildern lange hängen, fährt mit dem Finger über das Profil oder umrundet ihren Kopf. Als es vor Jahrzehnten darum ging, wer eine in der Familie Gansser begehrte, wertvolle Zuckerdose bekommen sollte, entschieden sich Augustos Eltern spontan für Toti mit der Begründung,

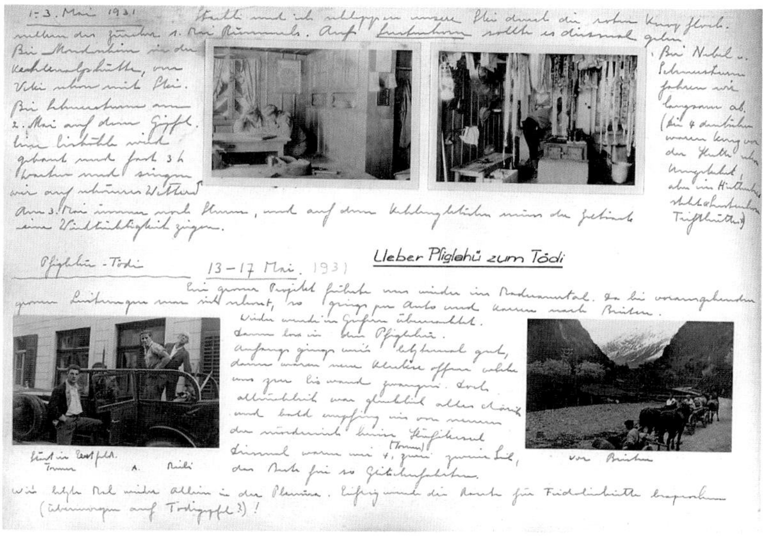

Blätter aus Augusto Ganssers erstem Album: Am Ende eines Terrainkurses 1931 in Maloya Einkehr bei Ganssers Professor (unten links). Der Risotto ist voller Gletscherflöhe! (unten rechts). Ohne genagelte Schuhe und ohne Seil: Für einen Lohn von 100 Lire ist jeder der Schmuggler mit 35 Kilo Zucker plus einem Brotlaib beladen.

Frisch verlobt: Toti und Augusto im Frühling 1937 im Tessin.

sie mache ihren Augusto rundum glücklich. Er legt die Handflächen aufeinander: «Ecco, so war's.»

1910 kommt Augusto Gansser, Sohn eines Basler Industriellen und einer gebürtigen Deutschen, als ältestes von fünf Kindern zur Welt. Zuvor hat sein Vater die Stelle als Direktor eines Unternehmens für Gerbereiextrakte in Mailand angenommen; die Familie lebt in Italien und kehrt kurz vor Beginn des Ersten Weltkriegs in die Schweiz zurück. Schon früh hat Augusto eine Vorliebe für Steine, und an seinem Geburtstag freut er sich jeweils besonders über Kristalle, die ihm ein Onkel Jahr für Jahr schenkt. Während Sommerferien in Andermatt findet der Siebenjährige auf der Gleisbaustelle der Furka–Oberalp-Bahn seinen ersten grossen Bergkristall – «ein Prachtexemplar». Bald darauf muss der Entscheid gefallen sein: Augusto will in seinem Leben mit Steinen zu tun haben.

Er erzählt in kurzen Sätzen. Nach Fragen entstehen manchmal lange Pausen, doch das Schweigen vor einer Antwort liegt nicht in luftleerem Raum. Sein Gesichtsausdruck in diesen ruhigen Momenten verrät, dass seine Gedanken arbeiten. Ist die Antwort parat, holt er tief Luft, dann folgen Sätze, glasklar, mit genauen Ortsangaben und Jahreszahlen, bestückt mit etlichen Namen und malerisch ausgeschmückt mit Geräuschen und Gerüchen. Ein Leben lang vertraute er seine Erkenntnisse und Erlebnisse lieber Tagebüchern an, als sie erzählerisch weiterzugeben. In diesen letzten Jahren ist er noch stiller geworden. Aber er ist einer jener Menschen, in dessen Gegenwart es auch dann angenehm bleibt, wenn man gemeinsam schweigt.

Anfang des gemeinsamen Abenteuers: das junge Paar 1937 auf Hochzeitsreise in Marokko.

«Ein Geologe, der aktiv auf dem Feld ist, heiratet nicht und hat keine Kinder», so lautete Augusto Ganssers Grundsatz bis zur Promotion. Doch dann lernte er Toti kennen, diese charmante, sportliche Tessinerin, Schweizer Meisterin im Rückenschwimmen. Gansser heiratete und wurde Vater von sechs Kindern. Gleich nach der Hochzeit 1937 stürzte sich das junge Paar auf die erste zahlreicher gemeinsamer Abenteuerreisen: Im Fiat Balila und mit einem winzigen Zelt ging es nach Marokko. In den ersten Nächten trug Toti ein selbst genähtes, weisses Hochzeitsnachthemd mit langem Schleier. Doch nachdem sich dieser mehrfach im Reissverschluss des Zeltes verfangen hatte, musste er weichen.

Geschichten wie diese erzählt Augusto Gansser mit einer Lebendigkeit, als hätten sie vor wenigen Tagen stattgefunden. Er wird erst ruhiger, als er auf die letzten Ehejahre zu sprechen kommt; auf jene Zeit, als Toti sich immer stärker in ihre eigene Welt zurückzog und die innere Verwirrung immer grösser wurde. Plötzlich verlor die geübte Schwimmerin in Sardinien die Orientierung im Meer, schwamm weiter hinaus statt zum Strand zurück, Namen entfielen ihr, und schliesslich erkannte sie selbst Familienmitglieder nicht mehr. Er pflegte sie, solange es ging; schliesslich musste sie ihr Tessiner Zuhause gegen ein Heim für Alzheimerkranke eintauschen. Augusto war der Einzige, den sie bis zu ihrem Tod erkannte, auch wenn sie nicht mehr mit ihm sprechen konnte. Doch wenn er die Tür zu ihrem Zimmer öffnete, strahlte sie ihm entgegen, und solange sie sich auf den Beinen halten konnte, liebte sie es, im Arm ihres Man-

«Zu atemberaubend, um beschrieben zu werden»
1934: Ostgrönland

Er hatte sich für Spiegelschrift entschieden. Schliesslich war er in einer Mannschaft von 60 Personen unterwegs und über Monate mit Dänen, Finnen, Schweden und Schweizern auf engstem Raum zusammengepfercht. Da fiel der Blick über die Schulter leichter, als ihm lieb war. «Ich wollte verhindern, dass die Matrosen des Schiffes mein Tagebuch lesen konnten.» Mit den leicht zur Seite geneigten Buchstaben füllte er Zeile um Zeile von rechts nach links, Seite um Seite von rechts oben bis links unten. Nach seiner Rückkehr vom nördlichsten Ende der Welt machte sich Toti ans Entziffern. Und so sitzt man ein Dreivierteljahrhundert später ehrfurchtsvoll vor diesem Gansser'schen Gemeinschaftswerk – einem Album, wie es die digitalisierte Welt längst nicht mehr kennt: 26 Zentimeter breit, 36 Zentimeter hoch, 6 Zentimeter dick, der Deckel blau geblümt, Schwarz-Weiss-Fotografien aus einer Zeit, die fast vergessen scheint, aufgeklebt auf eierschalenfarbenem, dickem Büttenpapier; dazwischen zartes Durchschlagpapier mit den Tagebuchübersetzungen einer jungen Tessinerin, des Deutschen nicht ganz mächtig, aber spürbar fest entschlossen, der Nachwelt die einmaligen Erfahrungen ihres späteren Mannes zu erhalten.

Im Alter von 24 Jahren unternimmt Augusto Gansser die erste seiner zahlreichen Exkursionen. Ostgrönland heisst die Destination. Im Team mit dem bekannten Forscher Eugen Wegmann sowie den Geologen René Masson und Eduard Wenk aus der Schweiz und unter Leitung des berühmten dänischen Geologen und Polarforschers Lauge Koch soll die Arktis weiter erkundet werden. Koch gilt als ausgewiesener Experte der Region. Anfang der zwanziger Jahre hat er mit Kartografieren der grönländischen Küste begonnen und 1921 als erster Mensch die an der Nordspitze gelegene Kaffeklubben-Insel betreten – die nördlichste Insel der Erde. Für die geplante Exkursion sucht er über den Schweizer Alpen-Club nach einem zähen Kollegen. «Ich war ein trainierter, guter Bergsteiger», so Gansser, «die Sache interessierte mich.» Nun lehnt er sich in seinem Ohrsessel zurück und sagt bescheiden: «Die Reise war ziemlich abenteuerlich.»

Grönland-Album: Gansser'sches Gemeinschaftswerk – Toti tippte Augustos Einträge in Spiegelschrift auf der Schreibmaschine ab.

Abschied in Kopenhagen: Die «Gustave Holmes» sticht in See.

Am 26. Juni 1934 geht die Fahrt zum endlosen Packeis los: Zug, zweite Klasse, von Zürich über Basel nach Hamburg, mit der Fähre nach Malmö, einem Schiff nach Helsingborg, der Fähre nach Helsingör, auf einem Dampfer nach Bornholm, nach Neksö und Rönne, per Auto nach Sandwitz, im Bus nach Hasle und schliesslich mit einem Dampfer nach Kopenhagen. Eine Traube von Menschen erwartet die Forscher am Quai, und während das Gepäck, der Proviant und kistenweise frische Früchte in die von Gansser als «Sardinenbüchsen» bezeichneten Kabinen verstaut werden, will eine Schar Pressefotografen die Abenteurer immer wieder auf die Platte bannen. Zu feierlichem Glockensignal und unter strahlendem Himmel wird der Dreimaster «Gustave Holmes», das wochenlange Zuhause der Mannschaft, von einem Schlepper aufs offene Meer gezogen. Und während die Abschiedsrufe immer dünner werden, bezieht die Mannschaft ihre Kojen. Augusto teilt seine Sardinenbüchse mit zwei Baslern und einem Finnen.

Beharrlich hält die «Gustave Holmes» Kurs Richtung Nordwesten. Nach dem Passieren Islands tauchen die ersten Eisschollen auf, «fantastische, vom Wasser angeschmolzene Pilzgebilde», wie Gansser in seinem Tagebuch festhält – doch auch gewaltige Hindernisse und Störfaktoren. Am 18. Juli notiert er: «Beim Mittagessen lässt ein starker Stoss das ganze Schiff erzittern. Eine Scholle ist an die Gustave Holmes gestossen, eine andere treibt ins Steuer. Das vordere Steuer ist kaputt, nur noch das hintere funktioniert. Mit Gepolter und Gedröhn geht's weiter, stösst das Schiff laufend an drei bis vier Meter dicke Schollen. Das ganze Schiff zittert und kracht. Dass es das aushält! Ganz langsam geht's weiter, wir bleiben stecken, schieben wieder eine Scholle zur Seite, fahren einen Meter, sitzen wieder fest. Wieder trifft eine Scholle aufs Steuer und reisst eine Kette los. Nun können wir gar nicht mehr steuern. Reparieren ist angesagt. Mit langen Stangen halten alle auf Deck Schollen vom Schiff fern. Doch sie werden grösser, haben eine Ausdehnung von bis zu 500 Quadratmetern und sind über vier Meter dick. Immer wieder sitzen wir fest, drehen zu sehr nach Osten. Endlich wieder Westkurs, wir kommen wieder auf freies Meer. Acht Stunden hat dieses Manöver gedauert. Nachts komme ich anfangs nicht zum Schlafen: Dröhnen, Krachen, zünftige Stösse. Armes Schiff!»

Neben Schlägen, Poltern und anstrengenden Reparaturarbeiten wird die Crew aber auch belohnt. Tags darauf steht in Ganssers Tagebuch: «Spiegelglattes Wasser, grün und blau schimmernde Eisblöcke, manche bis zehn Meter dick, aufgetürmte Blöcke bis fünf Meter über Wasserfläche. Wie bläuliche Schlagsahne ziehen Eisschollen vorbei, manche voller kleiner schwarz-weisser Vögel.»

Schnell beginnt sich auf dem Schiff der Alltag zu etablieren. «Zwischen Fässern und Brettern marschieren wir auf und ab, wie Leoparden im Zoo», notiert Gansser. «Jeder kennt jeden an Deck, die Eigenschaften eines jeden kristallisieren sich schnell heraus. Nirgends lernt man Menschen so schnell und gut kennen wie auf einem Schiff, das man nicht verlassen kann und an Platz das Minimum bietet. Einige sind etwas apathisch geworden, andere spielen Karten, dritte schauen stundenlang zu, wie die Schiffspitze auf Eisschollen zusteuert, wieder andere lesen zum x-ten Mal die Zeitung mit den Nachrichten, die von Anfang Juni stammen.»

Nach unzähligen Stössen, stundenlangem Suchen nach Spalten und Wegen im Eis und dem aufreibenden Kampf um jeden Meter Vorwärtskommen ist endlich Grönland in Sicht. Augusto Gansser klettert hinauf zum Mastkorb. Das wird er in den kommenden Wochen nicht nur aus Trainingsgründen immer wieder tun, sondern auch weil sich das Nest hoch über dem Schiffsdeck als idealer Platz zum Skizzieren und Schreiben erweist: «Eine rote Sonne steht im Norden, alle Eisblöcke sind rosa angehaucht. Von weitem sieht man die wuchtigen Zacken der Häreninsel. Dahinter Gneisgebilde, die den schönsten Bergketten im Bergell Konkurrenz machen. Die Sonne sendet lange, goldene Strahlen auf die riesigen Eisberge, die auf dem ganzen Fjord verstreut sind. Ein Traum. Viel zu atemberaubend, um beschrieben zu werden. Ich gebe es auf.»

Die Naturschauspiele, die dieser kaum erforschte Teil der Erde zu bieten hat, sind reich an Farben und Geräuschen. Von den senkrechten Wänden der Eisberge donnern regelmässig Brocken ins Wasser, Gansser schreibt von «Granatenschlägen». Dazwischen

Der grösste Grönlandforscher: Expeditionsleiter Lauge Koch.

Weitgehend unerforscht: Ostgrönland ist 1934 geologisch noch kaum erfasst.

Skizzierend: Das Cap Brevster rückt immer näher (rechte Seite).

knistert das Eis wie «spritzende Spiegeleier in Butter». Liegt die «Gustave Holmes» vor Anker, besteigt der junge Geologe Gletscher – aufwändige Unterfangen, muss er doch zuerst Stufen in die spiegelglatten Eiswände pickeln. Auf einem der Abstiege, in Gedanken in der fernen Heimat, tauft er die erklommene Kappe «Monte Lugano». Immer wieder teilen sich die Forscher zu einzelnen Erkundungsausflügen auf dem Inlandeis auf. Bei mehrtägigen Expeditionen werden Depot-Zelte und Standlager eingerichtet. «Bald ist es ganz gemütlich bei uns; das Lager gleicht wegen der vielen Konservenbüchsen ein wenig einer Kolonialwarenhandlung», schreibt Gansser beim ersten längeren Aufenthalt. Doch wie auf der «Gustave Holmes» sind die Platzverhältnisse auch an Land eng: «Unser Zelt ist zu klein. Ich schlafe draussen, baue eine Steinwand gegen den scharfen Westwind. Es ist einige Grade unter Null. Die Füsse samt Schlafsack im Rucksack – so geht es.» Durchfroren, mit schweren Gliedern und einem Gewehrschuss weckt er am nächsten Morgen seine Kameraden; eine Waffe trägt er der Eisbären wegen auf sich. An einer geschützten Wand wird Tee gekocht, dazu gibt es Porridge und Brot mit Leberpastete. «Feudal!» steht im Tagebuch. Inzwischen trägt die gesamte Mannschaft Tag und Nacht dicke Grönlandpullover. «Sie kratzten fürchterlich», erinnert sich Gansser. «Doch mit der Zeit merkten wir, dass uns die Wolle weniger störte, wenn wir uns nicht wuschen.»

Unter diesen harten Bedingungen kommt es mitunter auch zu Unstimmigkeiten innerhalb des Teams. Einmal wirft Eugen Wegmann, der Gansser für die Expedition empfohlen hatte, seinem jungen Kollegen vor, Probleme im Reiseablauf seien nicht nur den unvorhergesehenen Mengen an Packeis zuzuschreiben, sondern auch seiner heiklen Nase. Kurz zuvor hatte Gansser sich über den unangenehmen Geruch geäussert, den undicht verpackter Käse an Bord verursacht hatte. Daraufhin war die Kiste in einem der ersten Basislager zurückgelassen worden. Nun stellte Wegmann die These auf, gerade dieser Käse fehle in so harten Zeiten als wichtiges Nahrungsmittel. Die Vorwürfe nagen an Gansser. Einige Tage später notiert er: «Ich schreibe mit dreckigen Händen auf zerrissenen dreckigen Hosen. Aber das ist ja alles nur äusserlich.

23.7.34.
Cap Brewster v. E

Cap Stev.
24.7.34
Wv. Cap Brewster

Cap stev.
24.7.34

Komplizierte Manöver: Im Packeis fehlen oft die wenigen Quadratmeter offenen Meeres zum Starten und Landen des Flugzeugs.

Ich grüble. Ob ich wirklich so ein Nörgler bin, wie Wegmann meinte. Ich nehme halt nicht alles für bare Münze, beharre auf meinem Standpunkt, bin nicht einer, der zu allem ‹es isch mer glich› sagt.»

Bald darauf verzieht sich der Groll. Gansser überlegt sich, wie er Rituale, die ihm inzwischen ans Herz gewachsen sind, in die Heimat mitnehmen kann: «In einer Bucht in Ockerbloms wird Kaffee und Tee gebraut. Der Primus [kleiner Gaskocher, Anm. d. Aut.] raucht im dunklen Boot vor sich hin. Heimelige Stimmung. Ich muss mir auch einen Primus zutun, damit ich in Zürich Grönland spielen kann.» Auch tags darauf hält sein Tagebuch Begeisterung fest: «Fünf Uhr morgens. Überall kommen frisch gepuderte Gipfel zum Vorschein. Hinter der Kongeborgen geht die Sonne auf. Gegenüber steht der Vollmond. Eine märchenhafte, rosa-weisse Perlmuttstimmung – echt polar.»

Die Schönheit kann aber nicht darüber hinwegtäuschen, dass es erneut eng wird auf dem Meer. Der weisse Eispanzer wird immer dichter – und Anfang September steckt die «Gustave Holmes» im Fjord Sho-

Von der Natur gezeichnet: In etlichen Skizzen hält Augusto Gansser die faszinierenden Eislandschaften fest.

resbysund komplett fest. Bei peitschendem Eisregen werden erste Überwinterungspläne geschmiedet. Am 7. September notiert Gansser: «Die Stimmung ist nicht rosig. Wahrscheinlich müssen wir überwintern. Auf alle Fälle aber lange warten. Proviant und Ausrüstung werden revidiert, beides mangelhaft. Diese Ungewissheit ist ungemütlich. Das alles kann ein bis zwei Monate dauern.» Tags darauf sendet die Besatzung über den Radiofunk ihrer kleinen Zentralstation und via Konsulat ein «Beruhigungstelegramm» in die Schweiz, in dem sie aber doch die «geringe Möglichkeit einer Überwinterung» erwähnt.

Wochenlang liegt die «Gustave Holmes» an Ort und Stelle, umgeben von übereinandergeschobenen Eisschollen, die dem Rumpf des Dreimasters zu Leibe rücken. Doch unter der Mannschaft will weder Langeweile aufkommen noch Panik ausbrechen. «Für keins von beidem blieb Zeit», erklärt Gansser. «Wir hatten alle Hände voll zu tun, und zudem war die Landschaft um uns herum einmalig schön.» Tage- und nächtelang beobachtet er vom Mastkorb aus die Lichtspiele der feuerroten Mitternachtssonne auf den Eisbergen, er skizziert, fotografiert, sinniert. Selten nagt dazwischen auch der Gedanke, was im Falle einer tatsächlichen Überwinterung geschehen werde. Darauf angesprochen, sagt Gansser heute kurz und trocken: «Wir hätten auf einem Stück Leder rumgekaut.»

Nun greift er zur Schachtel seiner Hörgeräte, legt sie auf den kleinen Tisch neben sich und imitiert damit die Wendefähigkeit der «Gustave Holmes»: Dank spezieller Schrauben war es dem Schiff möglich, an Ort und Stelle um die eigene Achse zu drehen. Mit konstanten kleinen Bewegungen verhinderte der Kapitän, dass das Eis die «Gustave Holmes» zerdrückte, und schuf zudem einem kleinen, zweiplätzigen Wasserflugzeug den nötigen Lande- und Startplatz. Während Ganssers Hörgerätbox in Dauerbewegung ist, erzählt er von den fantastischen Manövrierkünsten des Piloten. Immer wieder begibt sich dieser auf waghalsige Erkundungsflüge, um nach Spalten im Eis und möglichen Auswegen Ausschau zu halten. Wegen schlechter Radiokontakte ist er zwischenzeitlich ohne Funkverbindung unterwegs. Mann für Mann holt er jenen Teil der Equipe an Bord zurück, die sich auf dem Festland auf Expedition befindet; zudem evakuiert er die Besatzung eines anderen Schiffes, das weiter nördlich ebenfalls feststeckt und dessen Proviant sich dem Ende zuneigt. Das Schiff wird geankert und seinem Schicksal überlassen.

Nach wochenlangem Ausharren ändern die Strömungen. Das Eis teilt sich, und Meter um Meter kann die «Gustave Holmes» sich wieder vorwärts kämpfen. Doch bereits wartet die nächste Überraschung: Der

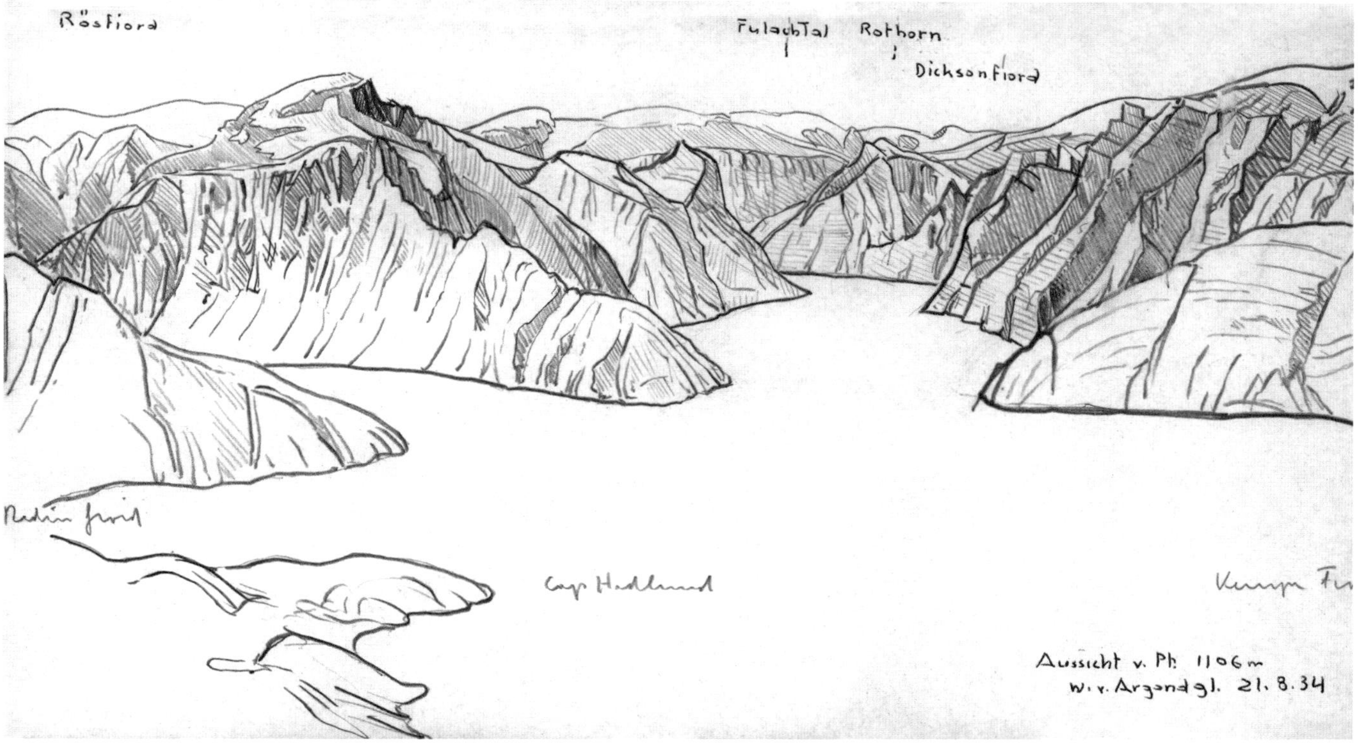
Röstiord
Fulachtal
Rothorn
Dicksonfiord
Aussicht v. Pt. 1106m
w. v. Argandgl. 21.8.34

Agassiz Tal im Goodenough Land

Erzwungene Ruhe: Die «Gustave Holmes» steckt in meterdickem Packeis fest.

Zeitplan ist derart in Verzögerung geraten, dass die Forscher nördlich von Island in die gefürchteten Herbststürme geraten. Meterhohe Wellen schlagen nun an die Schiffswände und machen das Manövrieren auf Deck lebensgefährlich. Gansser notiert: «Das Schiff schwankt immer stärker. Am besten legt man sich hin. Addio Hunger. Der Wind pfeift. Man liegt in der Koje. Nachdenken, Schlafen. Man rollt von einer Seite auf die andere, dazwischen versucht man, trotz allem etwas zu essen.» Und tags darauf: «Wir liegen ohne zu fahren. Riesige Wellen. Sie hauen übers Deck. Liegen, Schlafen, Essen aufgegeben.»

Am 14. September wird die Mannschaft von einem gewaltigen Krach geweckt. Das Deck mag den starken Wasserbrechern nicht mehr standzuhalten. Kurz darauf rauscht Wasser in die Kojen. Ganssers Schlafkammer füllt sich innert Minuten mit einem halben Meter Salzwasser, auf dem Schuhe, Taschen und Bücher schwimmen. Im Tagebuch steht: «Wie sieht das Schiff aus! Die ganze Kommandobrücke ist zertrümmert. Der Eingang zu unserer Koje ebenfalls.» Während der ersten Reparaturarbeiten kommt Island mit seinen flachen Basalttafelbergen in Sicht. «Aber wir sind zu durcheinander, um richtig beobachten zu können.» Der Wind legt erneut an Intensität zu, die «Gustave Holmes» kommt nicht vom Fleck. Um nicht zurückzutreiben, wird vor Sandur mit Mühe und Not geankert und werden telegrafisch Autos bestellt. Doch wegen des schlechten Wetters kommen die Wagen nicht durch. Die Crew besteigt Motorboote, die sie nach Olavsrick bringen. Das Meer schimmert golden im Lichtspiel des fluoreszierenden Planktons. Dann geht es in mehreren Personen- und Lastwagen weiter auf einer nicht beleuchteten Strasse, dafür unter hellem Nordlicht, der Küste entlang und teils durch breite, rauschende Bäche. Einmal nützt alles Bremsen nichts mehr: Der Lastwagen rutscht in einen Graben und kippt. Auf der Ladefläche sitzt unter anderem Augusto Gansser. Später notiert er: «Ein Buch möchte ich über diese Fahrt schreiben.»

Erschöpft und voller Eindrücke kommt die Mannschaft in Reykjavik an. Weiter geht es heimwärts mit dem Dampfer «Lyra», dritte Klasse, dann mit dem Zug über Norwegen, Schweden, Dänemark und einer Fokker über die Ostsee nach Berlin, später per Zug über Frankfurt nach Basel. Das grosse Abenteuer Ostgrönland endet in Ganssers Tagebuch mit dem schlichten Satz: «Papa ist in Basel am Bahnhof und wir fahren zusammen nach Lugano.»

Vorbeifahrt an Nordisland:
Umzug einer Eskimofamilie zu
den Bäreninseln.

Vermutung: Laut Augusto Gansser kann sich dieser Eisberg aufgrund der Schichtungen «auf den Kopf gestellt» haben.

Beim Fischfang: Eskimos in ihren Kajaks (rechte Seite).

Schlitten aus Skiern zusammengebastelt: Nach dem Abstieg vom Inlandeis sind die Ski kaum mehr zu gebrauchen.

Zweckentfremdet: Die als Schutz gegen Eisbären mitgenommene Flinte dient vorwiegend fürs morgendliche Weckzeichen (rechte Seite).

Im Wasser: Während die linke Moräne am Scoresby Sound noch sichtbar ist, ist die rechte untergetaucht.

Steinmännchen: Auf der ganzen Welt trifft man in den Bergen auf diesen Brauch. Diese Steinmännchen haben die Eskimos mit Rentiergeweihen geschmückt (rechte Seite).

Schwere Last: Skier, Zelt, Proviant und Kochtopf oberhalb des Fjords Scoresby Sound.

Fehlgeleitet: «Nicht ein Moslem, der seine Gebete verrichtet, sondern Professor Eugen Wegmann von Neuenburg beim Studieren der Komposition des Sandes im Scoresby Sound», so Gansser (rechte Seite).

«Innen sah es unreligiös aus»
1936: Himalaya

Die Verkleidung ist perfekt. Bis weit übers Knie reicht der zinnoberrote Mantel aus zottiger Schafwolle, lang ist der Schaft der ledernen Stiefel, die Fellmütze zieht er tief in die Stirn, der Bart ist struppig, das Gesicht sonnengebräunt, und der am Hals baumelnde zugeklappte Kompass sieht den tibetischen Amuletten verblüffend ähnlich. Wären da nicht die blauen Augen, die er in heiklen Momenten abwendet, würde nichts darauf hindeuten, dass unter der typischen Aufmachung eines Lamas nicht ein tibetischer Pilger, sondern ein Schweizer Geologe steckt. Und dass in den tiefen Mantelfalten nicht wie üblicherweise Proviant und Gebetsmühlen versorgt sind, sondern Höhenmesser und Hammer.

Den Entscheid, zum Pilger zu werden, fällt Augusto Gansser am Rande des Himalayas innert Sekunden. Wochenlang hat ihm aus der Ferne der Kailas zugewunken – der heiligste Berg der Welt im damals für Ausländer unzugänglichen Tibet. Dann aber tut sich ein Türchen auf. Es ist Mitte Juni, als seine Expeditionsgruppe im indischen Kuti von Vorboten des Mosuns eingeholt wird und sie ihre weiteren Pläne den prekären Wetterverhältnissen anpassen muss. Während der Regen niederprasselt, vernimmt Gansser, dass Kuti sich in jenen Wochen auf ein Totenfest vorbereitet, an dem geheiligte Schafe geopfert werden sollen – Schafe, die am Fuss des Kailas weiden. Ganssers Ohren werden spitzer. Per Zufall ist er zugegen, als zwei der stämmigsten Einheimischen beauftragt werden, die beschwerliche Reise unter die Füsse zu nehmen. «Zwei Männer aus Kuti zogen nach dem Kailas! Ich konnte keine Ruhe mehr finden. Und an einem nebligen Morgen im Juni zogen nicht nur zwei, sondern vier Männer an den Kailas. Zwei davon waren mein Sherpa und ich», notiert er. Das Unterfangen ist mutig. «Wäre ich in Tibet entdeckt worden, würde ich heute kaum hier sitzen», sagt Gansser über siebzig Jahre später in seinem Tessiner Zuhause. Dem Forscher hätte die Todesstrafe gedroht.

Minutiöse Angaben: «Aussicht vom Zeltlager Tinkarlipu, 5100 Meter gegen Tibet, 18.45 Uhr, 28.5.36.»

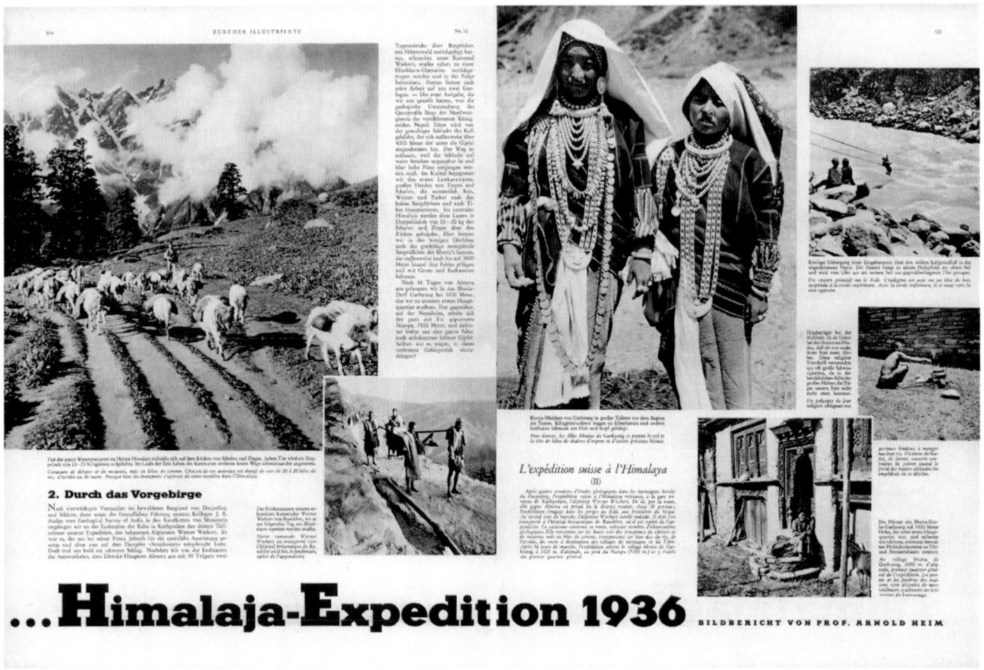

Begeisterte Berichterstattung: die «Zürcher Illustrierte» vom 8. März 1937.

Geplant ist der abenteuerliche Abstecher nicht, als Gansser sich unter Leitung des bekannten Schweizer Geologen Arnold Heim im April 1936 auf die erste schweizerische Himalaya-Expedition begibt. Die Forscher haben zum Ziel, den zentralen Teil des grössten Gebirgszuges der Welt zu erkunden – eine Region, die grösstenteils noch völlig unbekannt ist. Doch gleich zu Beginn stösst der junge Geologe in Indien auf exotische Blöcke, die aus dem tibetischen Norden zu stammen scheinen und gegen die indische Grenze geschoben worden sein müssen. «Diese Steine liessen mir keine Ruhe», so Gansser, «ich musste wissen, woher sie stammten.» Er bestätigt Heim schriftlich, auf eigene Verantwortung ins verbotene Land zu ziehen. Damals ahnt niemand, dass ihm während des langen Fussmarsches eine weitere Sensation gelingen sollte: Am Fuss des Kailas stösst er auf Steine, die im Lauf der Geschichte offenbar aus der Tiefe um mehrere Tausend Meter angehoben worden sind. Wie sich herausstellt, hat Gansser die Nahtstelle zwischen dem Subkontinent Indien und dem übrigen Asien entdeckt.

Da neben Tibet auch das damalige Königreich Nepal verbotenes Territorium für Fremde ist, wählen Heim und Gansser die britisch-indische Provinz Kumaon zum Hauptarbeitsgebiet. Mehrfach bemühen sie sich vergeblich um Bewilligungen, um die beiden abgeriegelten Länder offiziell bereisen zu können. Arnold Heim bekennt später offenkundig, dass sie verschiedentlich über britisches Territorium hinaus in die verbotenen Gebiete eingedrungen seien, um ihre Beobachtungen in die besonders interessanten Regionen ausdehnen zu können. «Die überraschenden Resultate, die sich daraus ergaben, waren mehr als die peinlichen Konsequenzen wert, die wir deswegen durchzukosten hatten.»

Die achtmonatige Expedition findet in einem Jahr statt, dessen Sommer seit Menschengedenken als der schlechteste gilt. Regen, Kälte, Schnee und Stürme machen den Geologen immer wieder schwer zu schaffen, zumal sie auch von Krankheiten nicht verschont bleiben. In einer Steppe eines Hochplateaus auf über 4000 Meter Höhe befällt Gansser die Tibetische Malaria. «Ohne Zelt und unter Regen war ich gelähmt von hohem Fieber und Erbrechen.» Fortan sollte er für jede andere Art von Malaria immun sein.

Momente mit ungewissem Ausgang begleiten die Abenteurer tagaus, tagein. Während eines ersten kurzen Seitensprungs nach Tibet muss dem Oberhaupt der Gegend die Anwesenheit der westlichen Forscher zu Ohren gekommen sein. Gansser erstarrt auf jeden Fall, als ihm in der menschenleeren Gegend plötzlich eine Gruppe Reiter entgegengaloppiert, lange Flinten quer über den Rücken gehängt: «Geht an uns vorbei, wünsche ich und schaue rückwärts, höre aber, wie das Schlagen der Pferdehufe immer deutlicher wird, und plötzlich starren mich unter zerzausten Filzhüten drei wilde, braune Gesichter an. Paldin [einer der Sherpas, Anm. d. Aut.] hat scheinbar die Situation erfasst. Meine verschiedenen geologischen Utensilien sind vorsichtigerweise gut versteckt, sodass nichts besonders auffallen kann. Den Sahib (weisser Fremder, Anm. d. Aut.) haben sie wohl erkannt; denn auf diesem kurzen Abstecher bin ich nicht verkleidet. Drei flinke Tibeter-Ponys galoppieren davon. Der Sturmwind reisst mir einen Seufzer der Erleichterung vom Mund.»

Doch auch positive Überraschungen erwarten die Reisenden immer wieder. Im Süden der Grenzregion liegt hoch über dem Tal ein uraltes Lamakloster. Geduldig stehen Gansser und Paldin vor der Pforte, doch der Torhüter lässt sich nicht erweichen. Als schliesslich ein kahl geschorener Lamakopf vom Dach herunterschaut, faltet Gansser reflexartig die Hände, und Paldin setzt zu einer neuen Verhandlungsrunde an. Daraufhin geht die Tür einen Spalt weit auf. Gansser

Anstrengend: der 26-jährige Augusto Gansser.

Beweis, dass der Himalaya einst Meer war: Kalkplatten mit Ammoniten der norischen Triasstufe.
1: Parajuvavites, 2: Placites, 3: Steinmannites, 4: Celtites, 5: kleine Muschel (unten).

In Spiegelschrift genau beschrieben: das Beladen der Schafe mit Steinen.

notiert: «Das grosse Heiligtum wird mir eröffnet. Ein mächtiger vergoldeter Buddha starrt mich an. An seinem Fusse brennen kleine Butterlämpchen. Ich knie nieder, bete mein Omi mani padme hum [das wichtigste tibetische Gebet, Anm. d. Aut.] und lege eine Silbermünze auf den Altar. Dafür darf ich zu Füssen des Buddhas ein neues Lichtlein anzünden. Mit einigen Lamas steige ich auf das Dach des Klosters. Wie ein Wunder ist mir dieser Augenblick geblieben. Um das Kloster stehen ruinenhafte Mauern eines viel älteren Baues, der einst gewaltige Dimensionen gehabt haben muss. Gegen Osten fallen die Schotterwände senkrecht zum Tal hinunter. Eine weite Reihe farbiger Hügelzüge leitet zu den vergletscherten unbekannten Gipfeln der nepalesischen Grenze hinüber. Schweigend schauen auch die Lamas in die kristallklaren Fernen. Der Besuch ist geglückt. Auf einer kleinen Tschorte [Sakralbauwerk, Anm. d. Aut.] sitzend, skizziere ich das Kloster. Auf einmal steht jemand hinter mir. Der Oberlama schaut mir lächelnd zu.»

Nachdem Augusto Gansser über einen einflussreichen Geschäftsmann in den Besitz eines Fetzens karierten Papiers kommt, auf dem einige Schriftzeichen in Hindustani einen drei- bis fünftägigen Aufenthalt in Nepal gestatten, macht er mit Paldin und einem weiteren Sherpa erneut einen Abstecher ins verbotene Land. Er ist dankbar für seinen «Pass», doch der erlaubte Zeitraum ist für sein Vorhaben bei weitem zu eng gefasst. Mit Arnold Heim vereinbart er, nach neun Tagen wieder zurück zu sein. Schwer bepackt zieht die Dreiergruppe los und passiert die Grenzstationen in jenen Momenten, in denen die Soldaten in den Wachhäusern ihren Mittagsschlaf halten. Der Geologe will die vier Nebentäler des grossen Nampa-Gletschers kartografieren. Tiefe Spalten ziehen sich durch das gesamte Gebiet und zwingen die Gruppe zu mühsamen Umwegen. Während Gansser am Ende des ersten Tages bei einsetzendem Sturm und beissenden Eisnadeln seine Tagebuchnotizen in Spiegelschrift vornimmt, Gesteinsproben und Pflanzen etikettiert und Gletscherskizzen anfertigt, hacken seine Begleiter beharrlich an den Fundamenten eines riesigen Gletschertisches. Unter dem schützenden Dach errichten sie ihr erstes Lager. Der Stiel des Riesenpilzes darf nicht zu dünn geraten, ansonsten die Gruppe Gefahr läuft, erdrückt zu werden.

Die folgenden Tage führen ins Ungewisse. Selbst Eingeborene haben sich noch nie in diese abgelegene Region gewagt, die aus zahlreichen, 7000 Meter hohen Gipfeln besteht. Keiner von ihnen trägt einen Namen. Morgens sind die Innenwände des kleinen Zelts jeweils

5.10.36
Von 5300 aus,

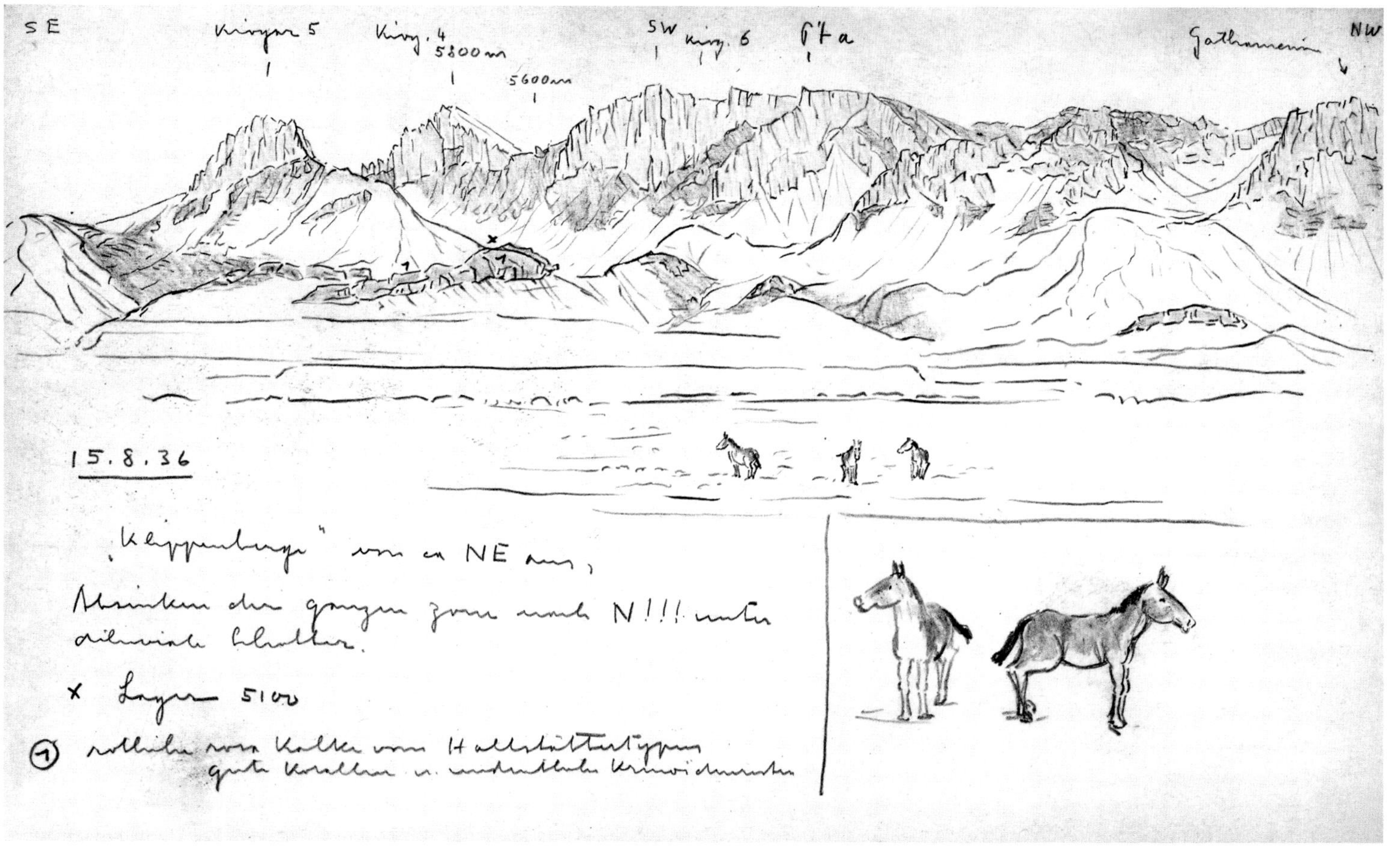
SE
SW
NW
5800 m
5600 m
15.8.36
„Klippenberge" von ca NE aus,
N!!!
× Lager 5100

Unter sicherem Dach: Arnold Heim und Augusto Gansser auf der tibetischen Seite des Tinkar-Lipu-Passes.

vereist, und auf den Schlafsäcken bildet sich nachts eine Schicht Raureif. Gansser notiert: «Ein heftiger Schneesturm pfeift um unser kleines Lager. Fast reisst er unser Zelt in Fetzen. Auf dem Zeltboden singt der kleine Primus seine eintönige Melodie, und draussen donnern die Neuschneelawinen. Zu dritt sitzen wir eng zusammengepfercht auf unseren Schlafsäcken. Warten ist wieder einmal die Hauptarbeit. Warten in dem kleinen Zelt, in welchem zwei Mann knapp Platz finden. Eben habe ich die Pflanzensammlung in frisches trockenes Papier gebracht. Der Rücken meines Sherpas dient mir als Tisch. Auf dem kleinen Primus steht eine Pfanne mit Tee, und während das Wasser warm wird, tauen meine beiden Begleiter etwas auf, und ich erfahre allerhand über ihre Heimat. Sie kommen so selten dazu, einem Sahib über ihre Familie zu erzählen, und haben sichtlich Freude an meinem Interesse. Die Unterhaltung beschränkt sich jedoch auf wenig Worte; umso mehr reden die Hände.» Pünktlich nach neun Tagen zieht die schwer beladene Dreiergruppe zurück durchs Nampa-Tal. Der Proviant hat sich in Gesteinsproben umgewandelt: «Die Illusionen von leichten Rucksäcken am Ende einer Reise sind wie immer bei geologischen Exkursionen dahin.»

Kaum zurück, folgt der lange Fussmarsch zum Kailas. Erneut bei strömendem Regen und wieder schwer bepackt zieht die Gruppe die steilen Hänge zum 5600 Meter hohen Mangshang-La hinauf, dem Grenzpass zwischen Indien und Tibet. Der Geologe Gansser schreibt über den Pilger Gansser: «Dem neuen Lama behagt seine Hülle noch nicht so ganz: Der schwere rote Fellmantel hindert etwas am Laufen. Auf der Fellmütze liegt Schnee, der Bart beginnt langsam einzueisen. Wütend faucht der Schneesturm über den Pass; tief sinkt man im Neuschnee ein, der auf losem Schutt liegt, so dass man fast nicht vorwärts kommt.

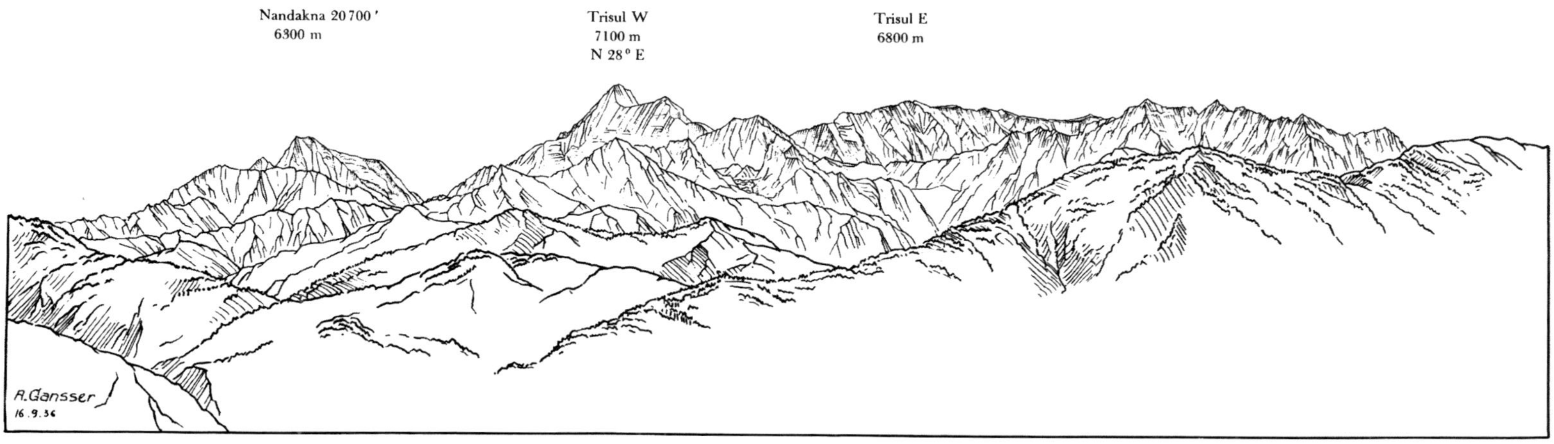

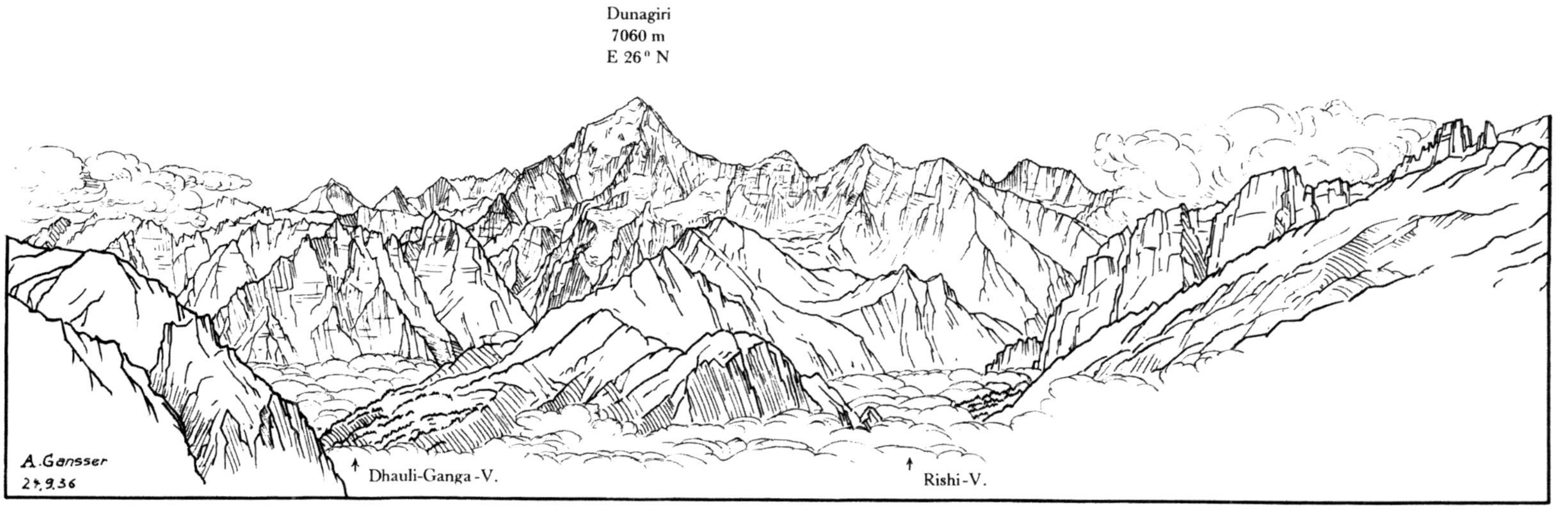

Wie immer in der Natur gezeichnet:
Ansicht der Trisul-Nanakna-Gruppe vom Gwaldam (2000 m) an der Grenze Almora-Garwal (oben).
Ansicht der Dunagiri-Gruppe vom Kuari-Pass (3600 m).

Aus der Erinnerung gezeichnet: fanatische Pilger, die den beschwerlichen Weg um den heiligen Berg Kailas mit ihrer Körperlänge messen. Sie tragen Handschuhe mit Metallspitzen, um Zeichen in die Erde zu ritzen.

Als Lama verkleidet: Gansser als tibetischer Pilger (rechte Seite).

In anstrengenden Tagesmärschen und nach wenig erholsamen Nächten nähert sich die Gruppe dem Kailas. Keinen Schritt macht Gansser ohne geologisches Skizzenbuch, Hammer, Kompass, Feldstecher und Salzsäurefläschchen. Sein «Kängurubauch» wächst laufend, ist die Versuchung unterwegs doch gross, Steine zu sammeln. «Allgemeine Anpassung, Wetter und Lagerfeuer hatten zwar mein Äusseres schon ziemlich echt gestaltet. Innen sah es jedoch sehr unreligiös aus.» Im Moment, als er ein besonders schönes, mit der heiligen Formel «O mani padme hum» graviertes Exemplar einsteckt, zieht sich über seinem Kopf ein Gewitter zusammen, und es beginnt ohrenbetäubend zu donnern. Seine Begleiter flehen ihn an, den Stein zurückzulegen. Heute hängt das seltene Stück über seinem Schreibtisch in Lugano.

Schliesslich passieren die wahren und verkleideten Pilger den Dolma-La, mit 5600 Metern der letzte Übergang vor dem Kailas. Dann ziehen sie vorbei an einem Wald von Steinmännchen, Mauern, in deren Mitte büschelweise menschliches Haar liegt, einem Felsblock, der von ausgerissenen Zähnen bedeckt ist – alles religiöse Taten fanatischer Pilger. Zwei Tibeterinnen liegen vor Erschöpfung unansprechbar auf dem Boden, ein Pilger schläft auf dem Bauch ausgestreckt in strömendem Regen und Sturm. Wer den höchsten Grad an Seelenreinigung erlangen will, muss den gesamten Weg mit seiner Körperlänge messen. Dazu hält er die gefalteten Hände vor Gesicht und Brust, kauert nieder, legt sich flach auf den Bauch und zeichnet mit den mit Blech beschlagenen Handschuhen und ausgestreckten Armen eine Marke auf den Boden. Dann geht er in die Ausgangsstellung zurück, schreitet bis zur gezogenen Marke weiter und beginnt mit dem Prozedere von neuem.

Nach der Umrundung des Kailas rückt die Frage in den Vordergrund, wie die inzwischen beachtliche Menge an Gesteinsproben unauffällig nach Indien zurücktransportiert werden soll. Gansser und den Sherpas gelingt es, kleine Doppelsäcke zu beschaffen, in denen Salz auf Schafrücken transportiert wird. «Meine Tätigkeit als Pilger war beendet, aus dem Lama wurde ein Schaftreiber.» Mit einer Herde von 29 Tieren macht sich die Gruppe auf den Rückweg. Alle haben einen Doppelsack mit zehn bis zwanzig Kilo umgehängt. «Es war wohl das erste Mal, dass eine ganze geologische Sammlung auf Schafrücken transportiert wurde.»

Beladen mit Steinen statt mit Salz: Zum ersten Mal wandert eine geologische Sammlung auf dem Rücken von Schafen vom Transhimalaya zurück zum Himalaya.

Heiligster Berg der Welt: der Kailas, 6700 m, von Norden (rechte Seite).

Auf Klappskiern unterwegs: Abfahrt vom Sabu-Sattel (5600 m).

Wild: durch die Gletscherbrüche nördlich des Traill-Passes (folgende Doppelseite).

Erhaben: die über 3000 Meter hohe Ostwand des Nanda-Devi-Gipfels. (7400 m).

Ortsbestimmung: Arnold Heim peilt vom Sabu (5800 Meter) aus die Gipfel in der Runde an (unten).

Unbekannt und unbenannt – ein fast 7000 m hoher Gipfel am Ende des Nampa-Tals (rechte Seite).

Trockenen Fusses: Arnold Heim wird von einem Sherpa über den Fluss getragen.

Abseits der Karawanenwege: Durchqueren der Girthy-Schlucht (rechte Seite).

Verlassen: die neu entdeckte Höhlenstadt in Tibet auf 4300 m am Eingang zur Guge-Region in Tibet.

Wertvoller Fund: ein lamistischer Schutzgott (Dharmapala) mit seiner Shakti (rechte Seite).

In der Totenhöhle von Changru: Schädel und hockende Mumie. Gemäss einer Sage wurde das Dorf verflucht. Die Bewohner starben allesamt an den schwarzen Pocken.

Mit Russ geschminkt: Schönheiten aus Purang (rechte Seite).

Wandgemälde in Tinkar: tibetische Karte des heiligen Berges Kailas mit kleinem Kailas Baba, darunter der runde Manasarova-See.

Messe unter freiem Himmel: Lamas in Tinkar, Nepal (rechte Seite).

«Einzigartig, ein Traum»
1938–1946: Kolumbien und 1947–1949: Trinidad

Die Bilder muten wie ein Märchen an, unwirklich in ihrer Unberührtheit und Natürlichkeit: Unter grossen Sonnenhüten laufen ein Mädchen und seine Mutter auf einem menschenleeren Strand; auf einer Wasserstrasse steuert die Mutter ein schmales Kanu durch dichten Dschungel, die Tochter hält einen langen Stängel mit Orchideenblüten in der Hand; auf einer weiteren Aufnahme wirkt das Kind wie eine Puppe am Eingang einer gigantischen Höhle am Strand, in deren Mitte eine Süsswasserquelle sprudelt. Es sind Fotografien, welche die schönsten Ferien in Augusto Ganssers Leben festhalten. Die Bilder auf seinen Knien ausgebreitet, kommt 65 Jahre später immer wieder dasselbe Wort über seine Lippen: «Einzigartig.»

Während in Europa die Kriegswirren ihre schrecklichsten Ausmasse annehmen, erlebt Familie Gansser am anderen Ende der Welt idyllische Tage. Seit sechs Jahren sind der Geologe und seine Frau in Kolumbien stationiert, die ersten beiden der drei «südamerikanischen» Kinder Ursula und Mario sind zur Welt gekommen. Eigentlich hatte Gansser 1938 mit der Ölfirma Shell einen Dreijahresvertrag abgeschlossen; er sollte die Pazifikküste und die Flussebenen hinunter zum Orinoko erforschen. Doch der Krieg liess aus den drei Jahren acht werden. Und nun, im Sommer 1944, beschliesst Gansser, mit seiner kleinen Familie Ferien in Hunachaco zu verbringen – einem Ort, wo der dichte Dschungel bis zum Meer reicht und sich Haie und Affen gute Nacht sagen. «Unsere Bekannten in Bogota hielten uns für verrückt», hält er fest. Ein Motorboot bringt Augusto, Toti und die dreijährige Ursula in den tiefsten Urwald zu einem halb fertig gebauten Holzhaus, das ein reicher Kolumbianer geplant hatte und das Projekt dann fallen liess. Dem Fahrer wird der Auftrag erteilt, sie in

Die Frau des Geologen: Toti im Rio Guamo, Region Mariquita, 1940.

genau zwei Wochen am selben Ort wieder abzuholen. Dann sind die drei sich selbst überlassen. Alle paar Tage bringt der einzige Bewohner der Gegend, ein älterer Mann, der vorwiegend in Mangroven lebt, frische Fische und Kokosnüsse vorbei. Es sind Ferien in vollkommener Abgeschiedenheit und Momente innigen Glücks.

Nach Zeiten wie diesen ist die Familie wieder über Monate auseinandergerissen. Manchmal ist Toti während zwölf Wochen ohne jede Nachricht von ihrem Mann. «Doch ich wusste, er würde immer wiederkommen», hält sie in ihren Aufzeichnungen «La Moglie d'un Geologo» (die Frau eines Geologen) fest. Entgegen den üblichen Regeln bei Shell, die Partnerinnen

Paradiesische Ferien: Toti mit Tochter Ursula in einer Höhle am Meer, aus der Süsswasser sprudelt, und inmitten des blühenden Dschungels.

Nach der Euphorie der Schreck: Beim Abstieg des nach ihr benannten Pico Toti rutscht Toti aus.

Beim Basislager in der Lagunas de los Tempanos (Lagune der Eisberge): Vor der Geburt der sechs Kinder begleitete Toti Augusto immer wieder auf Exkursionen (rechte Seite).

der Mitarbeiter erst nach einem Jahr nachzuholen, darf Toti ihren Mann von Beginn an nach Bogotá begleiten. Ihre Auszeichnungen als Schweizer Meisterin im Rückenschwimmen waren für den Ölgiganten Beweis genug, dass sie zäh war. Die langen Abwesenheiten ihres Mannes nutzt sie jeweils, um sich Schnitte für Kleider auszudenken; sie kauft Stoff, schneidert, näht und nimmt ihren Augusto jeweils in neuer Garderobe wieder in Empfang. «Jedes Mal sah sie wunderbar aus», schwärmt er noch im hohen Alter.

In den Jahren vor der Geburt der Kinder begleitet sie Augusto wenn immer es geht. Und so kommt es, dass einer der höchsten Berge Kolumbiens heute offiziell ihren Namen trägt: Pico Toti. Bei der Erstbesteigung dieses 5100 Meter hohen Gipfels scheut Toti vor nichts zurück – so zart und elegant sie auch ist: mühselige Ritte auf Maultieren, das Durchwaten reissender Bäche, stundenlange Fussmärsche, unbequeme Nachtlager, der beherzte Griff zum Pickel, um das Terrain so weit zu ebnen, dass überhaupt Quartier aufgeschlagen werden kann, Schlaf finden, auch wenn im Hintergrund Gletscher donnern, auf die Zähne beissen bei grösster Kälte. Geschickt umgeht sie Gletscherspalten und steigt beharrlich Hunderte von Höhenmetern. «Ich fühle mich in Höchstform und bin glücklich, den Männern folgen zu können», hält sie in einem Brief an ihre Familie fest. Doch das Klettern wird immer anstrengender, und die Gletscherspalten immer tiefer. «Jetzt heisst es aufpassen, denn einige Spalten sind ganz nahe. Ich lasse Augusto den Weg und halte das Seil schön gespannt, um ihn sichern zu können, wenn es nötig ist. Ich fühle mich wie eine grosse Alpinistin, und mit einem solchen Führer fühlt man sich sicher! Es wird immer steiler und wir atmen immer schwerer. Augusto muss nun Schritte hauen, eine mühsame Arbeit in der Höhe von 5000 Metern. Noch drei Buckel bis zur Spitze. Ich muss gestehen, dass ich von Zeit zu Zeit am Seil ziehe, um den Führer etwas zu stoppen. Mir geht es gut, und ich habe weder Kopfschmerzen noch ist mir übel. Darum will ich nichts erzwingen, um oben frisch anzukommen und meine Freude der Erstbesteigung voll geniessen zu können.» Auf dem Gipfel könnte sie die ganze Welt umarmen vor Glück. Aus ihren Briefen jubelt es: «Ja, meine Liebsten, Eure Toti hat es bis da oben hin geschafft! Ich verberge nicht, dass ich sehr stolz war. Und noch mehr war es Augusto.» Bald schon müssen sie den Abstieg unter die Füsse nehmen, und nach wenigen Metern rutscht Toti aus. Kopf voran gleitet sie hinab über das glatte Schneefeld, das Herz steht still vor Schreck. Ohne das gespannte Seil zwischen ihr, ihrem Mann und dem dritten Begleiter wäre sie in den Tod gestürzt. Auch diese Szene fehlt in Augusto Ganssers Tagebüchern nicht: Mit feinen Bleistiftlinien hält er die kritischen Momente fest.

Die meisten Exkursionen unternimmt er aber allein; sie wären auch für die gut trainierte Toti zu an-

Hosen trocknen mit der Kerze: der Topograf Georges Cuenet im Basislager auf 4000 m Höhe.

Der runde Felsblock ist noch immer mit dem Granit verwachsen: an den Maipures-Schnellen des Orinoco (rechte Seite).

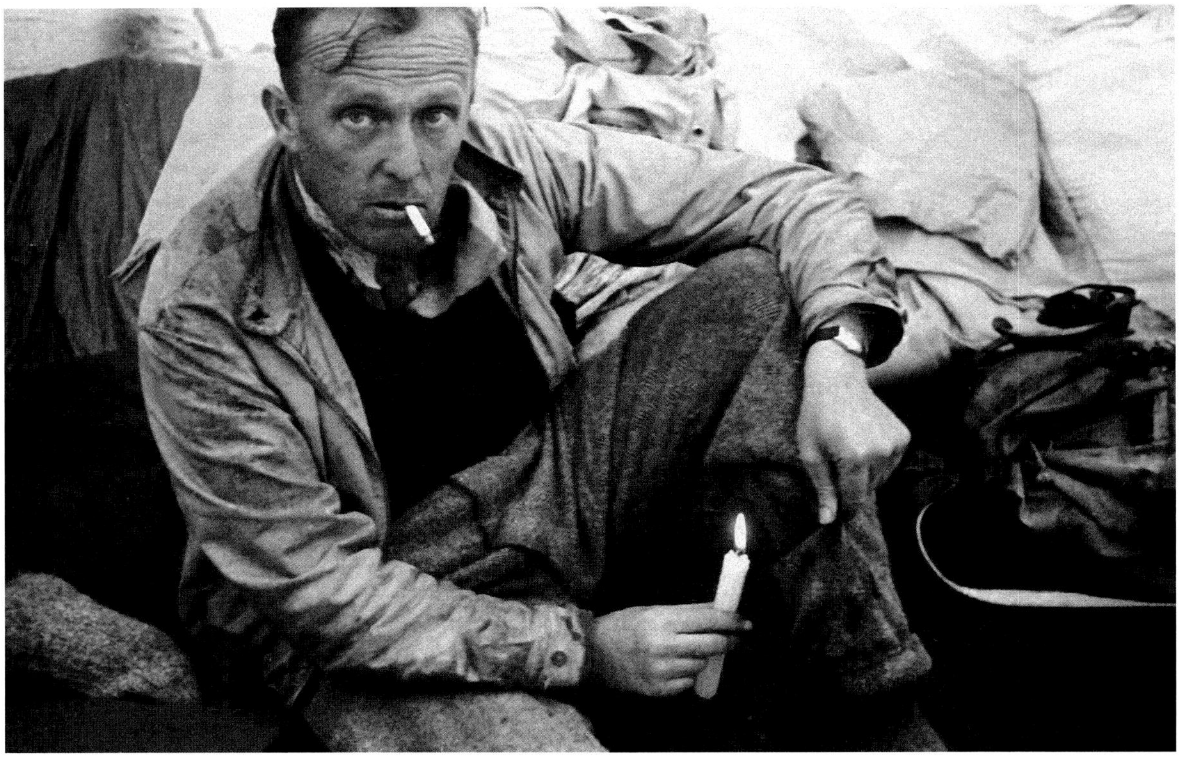

strengend gewesen. Shell hat zum Ziel, den Fuss der Anden genauer zu untersuchen, und erteilt Gansser den Auftrag, die weitgehend noch unbekannten Gebiete am Berge Macarena zu erforschen. Drei Mal ist er während drei Monaten in den Llanos unterwegs. Das kaum zu durchdringende Pflanzengewirr, durch das der Orinoco fliesst, ist das Zuhause von Papageien, Affen, Tapiren, Ameisenbären, Faultieren, Jaguaren, armdicken Schlangen, Piranhas und Aalen, deren Berührung dem Effekt eines Fingers in einer 220-Volt-Steckdose gleichkommt.

Die erste Exkursion findet 1938 statt. Der Transport wird von schwer beladenen Maultieren übernommen. Trotz der Reichhaltigkeit bietet die Gegend nicht genügend Nahrung für die Lasttiere, weshalb auf ihren Rücken grosse Bündel Zuckerrohr balancieren. Strassen existieren nicht, Jägerpfade werden immer seltener, schliesslich muss sich die Gruppe mit einer Machete Meter für Meter durch das Dickicht kämpfen. Nach vier Wochen haben sie sich zu den ersten Felsen der Macarena vorgekämpft. Dort stösst Gansser auf kristallisiertes, 1200 Millionen Jahre altes Gestein; seine These erhärtet sich, dass die Macarena nicht zu den Anden gezählt werden sollte.

Von der Truppe wird viel abverlangt. Für unliebsame Überraschungen sorgen vor allem die Bisse grosser blutsaugender Fledermäuse; häufig sind die Maultiere morgens blutüberströmt, weil eine Substanz der Vampire die Gerinnung verhindert. Dass sich diese nicht nur mit dem Blut von Tieren begnügen, muss auch Gansser erfahren. Nach einem anstrengenden Tagesmarsch fällt er abends erschöpft in seine Hän-

Zur Besänftigung der Geister: Mit tief in den Fels gekerbten Bildern und menschlichen Figuren wollten sich die Eingeborenen einen sicheren Weg zum Passieren der reissenden Schnellen der Macarena erbitten.

Gegen den Strom: zwischen den Schluchten des Rio Guaguaqui, Cordiliera Bolivar (rechte Seite oben).
Über sechs Meter lang: Besuch einer Anaconda im Lager an der Macarena (rechte Seite unten).

gematte. Morgens weckt ihn der Blutstrom an einem Fuss. Doch damit nicht genug. Als er seine Notizen vervollständigen will und in der Mappe nach dem Tagebuch greift, fühlt sich ein schwarzer Skorpion in seiner Morgenruhe gestört und sticht den Geologen in den Mittelfinger. Innert Sekunden schwillt Ganssers Zunge so stark an, dass er kaum noch sprechen kann. Am Ende der Expedition sind einige Maultiere so erschöpft, dass sie sich nicht mehr auf den Beinen halten können. Statt sie den Jaguaren lebendig zu verfüttern, beschliessen Ganssers Begleiter, die schwächsten Tiere zu töten. In reduzierter Besetzung, aber mit wertvollen Erkenntnissen zum Ölvorkommen und im Besitz einzigartiger Gesteinsproben, beendet die Truppe ihre Exkursion.

1939 nimmt Gansser die Macarena erneut unter die Lupe, dieses Mal von der Südseite aus und während der Trockenzeit. Er stösst auf hochinteressante Felszeichnungen und Steininschriften längst verschwundener Indiostämme. Dieses Mal hat er ein Kanu bei sich, das die Routenplanung zwar flexibler macht, über viele Strecken aber auch getragen werden muss und bedingt, dass der Proviant in grosse Bananenblätter gehüllt ist, um nicht nass zu werden. Zudem wollen die Kanufahrten gut geplant sein, denn die Kanäle sind von Kaimanen bevölkert, der südamerikanischen Version der Krokodile. Auch im Camp wird Gansser von exotischen Tieren überrascht. Eines Abends bringen die Indios ein Faultier mit. Der Geologe ist fasziniert: «Es ist eines der ältesten Säugetiere, hat sich in den letzten 60 Millionen Jahren kaum verändert, verharrt oft jahrelang im gleichen Baum, verlässt sein Reich nur ein, zwei Mal im Leben auf der Suche nach Liebe und ist auf dem Boden vollkommen hilflos. Seine langsamen Bewegungen sind nicht beeinflusst worden durch die zunehmende Geschwindigkeit des menschlichen Lebens.» Mit hängendem Kopf und schlaffen Armen sitzt das Tier neben ihm. «Ich beobachtete es und merkte, dass es vollkommen desinteressiert war, was um es herum geschah. Es machte keine Bewegung. Dann, ganz langsam, begann es einen seiner langen Arme mit den grossen gebogenen Krallen zu heben. Die Bewegung

Expeditionen in ganz Kolumbien: Augusto Ganssers Forschungsgebiete.

Faszinierende Augen: Diese Eingeborenen längs des Rio Vichada am Orinoco sehen zum ersten Mal in ihrem Leben einen Lastwagen. Die Scheinwerfer halten sie für Augen eines Ungeheuers und zielen mit ihren Pfeilen darauf (rechte Seite).

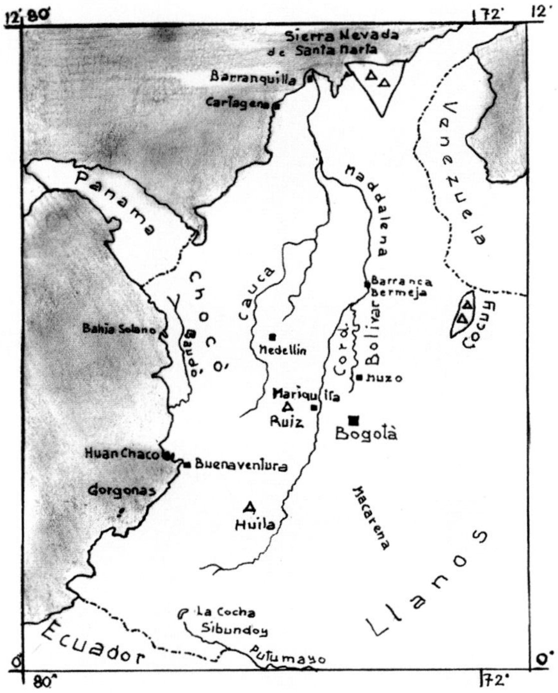

dauerte mehr als eine Minute. Wie ein Blitz liess es darauf aber den Arm fallen und wehe, wenn jemand in seiner Reichweite gewesen wäre, er wäre schwer verletzt worden.»

1942 begibt sich Gansser auf die dritte Macarena-Tour – mit einem Lastwagen, das Kanu auf dem Dach. Unterwegs kommt er an einer Gruppe von Indios vorbei. Offenbar haben die Eingeborenen noch nie ein Fahrzeug und auch noch nie künstliches Licht gesehen. Mit grossen Augen betrachten sie die Scheinwerfer, beschiessen diese mit ihren Pfeilen und fliehen zurück in den Dschungel. Auch diese Reise ist kräftezehrend, doch auch dieses Mal kehrt Gansser beglückt und begeistert zurück. Er ist auf Felsen gestossen, aus denen flüssiger Asphalt tropft – «unvergesslich für einen Petroleum-Geologen», wie er noch heute mit Begeisterung festhält.

1946 gelangt die inzwischen fünfköpfige Familie auf einem ausrangierten Flugzeugträger zurück nach Europa. Der Kinderwagen des Jüngsten muss auf einer stillgelegten Geschützlafette gut befestigt werden, um nicht von Deck zu rollen. Sein Bettchen nutzen Ganssers, um unter Decken und in Windeln versteckt einen ungeschliffenen Smaragd in die Schweiz zu exportieren.

Der Aufenthalt in der Heimat ist kurz; 1947 folgt Gansser erneut dem Ruf von Shell nach Trinidad. Im Süden der Insel führt das Unternehmen ein Camp – «ein Traum, direkt am Meer gelegen, dahinter dichter Dschungel und Ölfelder». Die ersten Monate sind friedlich, doch dann kommt es zu einer Revolte unter den Einheimischen, schliesslich zünden die «Mao Mao» eine Ölbohrung an. Bis zur Entschärfung der politischen Situation zählt Gansser zum Expertenteam, das die von dichtem Dschungel umgebenen Ölfelder Tag und Nacht bewachen muss.

Ansonsten trägt er ausschliesslich wunderbare Erinnerungen an die Karibikinsel in sich. So unternimmt die Familie regelmässig Ausflüge zu einem grossen Asphaltsee, einem weltweit einmaligen Phänomen. Einmal retten die Eltern ihren jüngsten Sprössling Luca in letzter Minute, als er ausprobieren will, ob ihn der See trage. Langsam sinkt der Kleine in das glänzende Schwarz, kann aber mit Ausnahme seiner Schuhe aus der zähen Flüssigkeit gezogen werden.

Noch heute aber trauert Augusto Gansser einigen Kanistern nach, in denen in den vierziger Jahren Asphalt für den Strassenbau nach Europa transportiert worden war. Bei der Rückkehr nach Trinidad wechselten die Behälter ihre Funktion und wurden zur Basis der berühmten Steel Bands: Die Kanister wurden

Heimreise nach dem Krieg auf dem Flugzeugträger McKay: Wo sonst Flugabwehr-Kanonen liegen, steht Lucas Kinderwagen. Und das Deck des Flugzeugträgers McKay ist zu Marios geländerlosem Spielplatz geworden.

in zwei verschieden grosse Teile getrennt, und mit einem kurzen Stock schlug man die in Trinidad erfundenen Calypso-Melodien. Im Shell-Camp hielten Gansser und seine Kollegen eine ganze Kollektion von Steel Drums, auf denen sie abends am Strand übten. Einige der Kanister transportierten Ganssers am Ende ihres Südamerika-Aufenthaltes nach Lugano und lagerten sie im Keller eines Häuschens, das sie einer alten Dame vermietet hatten. Eines Tages stiess die Frau auf die leicht verrosteten Behälter und liess sie entsorgen. «Das war das tragische Ende der Musik unserer Band.»

Schlamm-Vulkan: erloschener und aktiver Teil, Clemencia, untere Maddalena.

Entdeckung: Augusto Gansser stösst auf diesen Krater des Nevado del Ruiz, auf dem Gletscher ruhen und im warmen Inneren des Vulkankessels schmelzen. 1985 kommt es zum Ausbruch des Vulkans, dessen heisser Schlamm (Lahar) die Stadt Almero bedeckt und 25 000 Menschenleben fordert (folgende Doppelseite).

Königin mit Schleppe: la Reina, der schönste Gipfel der Sierra Nevada de Santa Marta (5600 m).

Pico Daniel: Nordgrat des Nevado del Cocuy, von Augusto Gansser und Georges Cuenet in Dankbarkeit nach Chefgeologe Daniel Trumpy benannt, weil er ihnen für die Expedition freigab (rechte Seite).

Abendstimmung: los Picos Orientales, Cocuy.

Zum Fest geschmückt: junge Chocò-Indianer mit schwarzer Tätowierung.

Jagd nach Krebsen mit Dreizack: ein Chocò-Indianer im Alto Rio Baudò (rechte Seite).

Einziges Überbleibsel der Missionsarbeit: Kreuz auf dem Bauch eines Chocò-Mädchens.

Einladung: In diesem Rundhaus des Chocò-Stammes darf Augusto Gansser übernachten (rechte Seite).

Zum Freund geworden: der grosse Häuptling der Putumayo-Indianer.

Schwer behängt: Ein Heer von Kaimanen mussten ihre Zähne für den Halsschmuck des Schamanen lassen (rechte Seite).

Ritueller Gegenstand des Vichada-Stamms: Ein Indio bläst in den Schädel eines Hirsches.

Lebendes Abbild: Die Züge des «Pimpina»-Gefässes widerspiegeln sich in der Ausstrahlung der Eingeborenen (rechte Seite).

Surfbrett der ersten Generation: Mario am Strand in Trinidad.

In der Bambus-Kathedrale: Luca im Dschungel, Trinidad (rechte Seite).

«Es war eine Sensation»
1950–1957: Persien

Am 26. August 1956 kommt es zur Überraschung ungeahnter Intensität. Es gibt einen Knall, dann schiesst eine über 30 Meter hohe Ölfontäne in die Luft. Der Druck aus dem Erdinnern ist so gewaltig, dass kein Ventil den Ausbruch regulieren oder unterbinden kann. Innert kurzem verwandelt sich ein nahe gelegenes Tal in einen mehrere Quadratkilometer grossen Ölsee, auf dem in den kommenden Wochen immer wieder Enten landen und ein klägliches Ende finden.

1950 wird Augusto Gansser zum Chefgeologen der staatlichen iranischen Ölgesellschaft berufen. Neben der Erkundung bis dahin wenig bekannter Inseln im Persischen Golf soll er im Auftrag des Schahs nach neuen Ölvorkommen suchen. Mit Hilfe der iranischen Luftwaffe macht er Reliefaufnahmen, und in Kombination mit genauer Feldarbeit gelingt es ihm, einige viel versprechende Orte zu bestimmen. Im Folgenden führt er am Alborz, einem Hochgebirge südwestlich von Teheran, vier Bohrungen auf einer Fläche von 50 Kilometern Länge und 12 Kilometern Breite durch. Doch jedes Mal verhindert eine harte Deckschicht das weitere Vorwärtskommen. Grosse Hoffnungen legen Gansser und sein aus sieben weiteren Schweizer Geologen bestehendes Team in die Bohrung Nr. 5 nördlich der heiligen Stadt Qum. In der Tiefe von 3000 Metern stossen sie auch hier auf die bereits bekannte Schicht aus Salz und Gips. Doch dieses Mal lässt sie sich durchdringen.

Nach vergeblichen Versuchen, die Quelle unter Kontrolle zu bringen, muss die Crew die Anlage verlassen. Sofortmassnahmen sind notwendig, denn jeder Funke in der Nähe des austretenden Öl-Gas-Gemisches kann zu einer Katastrophe führen. Die Bohrung liegt 70 Meter von der meistbefahrenen Hauptstrasse des Iran entfernt und weniger als fünf Kilometer von der mit Dampf betriebenen transiranischen Eisenbahn. Die Regierung ruft den Notstand aus, die Armee wird zusammengetrommelt, der Verkehr weiträumig umgeleitet, Strassen werden gesperrt, Bahnverbindungen unterbrochen, strengste Feuerschutzbestimmungen erlassen, Notlöschmassnahmen diskutiert, Dämme errichtet und Drainagen gelegt, um die Landwirtschaft von einer Ölschwemme zu ver-

Unzähmbar: der gigantische «Blow out» der Ölbohrung Alborz 5.

Todesfalle für Vögel: See aus reinem Öl, im Hintergrund die wilde Ölquelle.

Gewaltige Fackel: Nachdem das gefährliche Gas angezündet worden ist, schmilzt die umliegende Steinwüste zu Lava (rechte Seite).

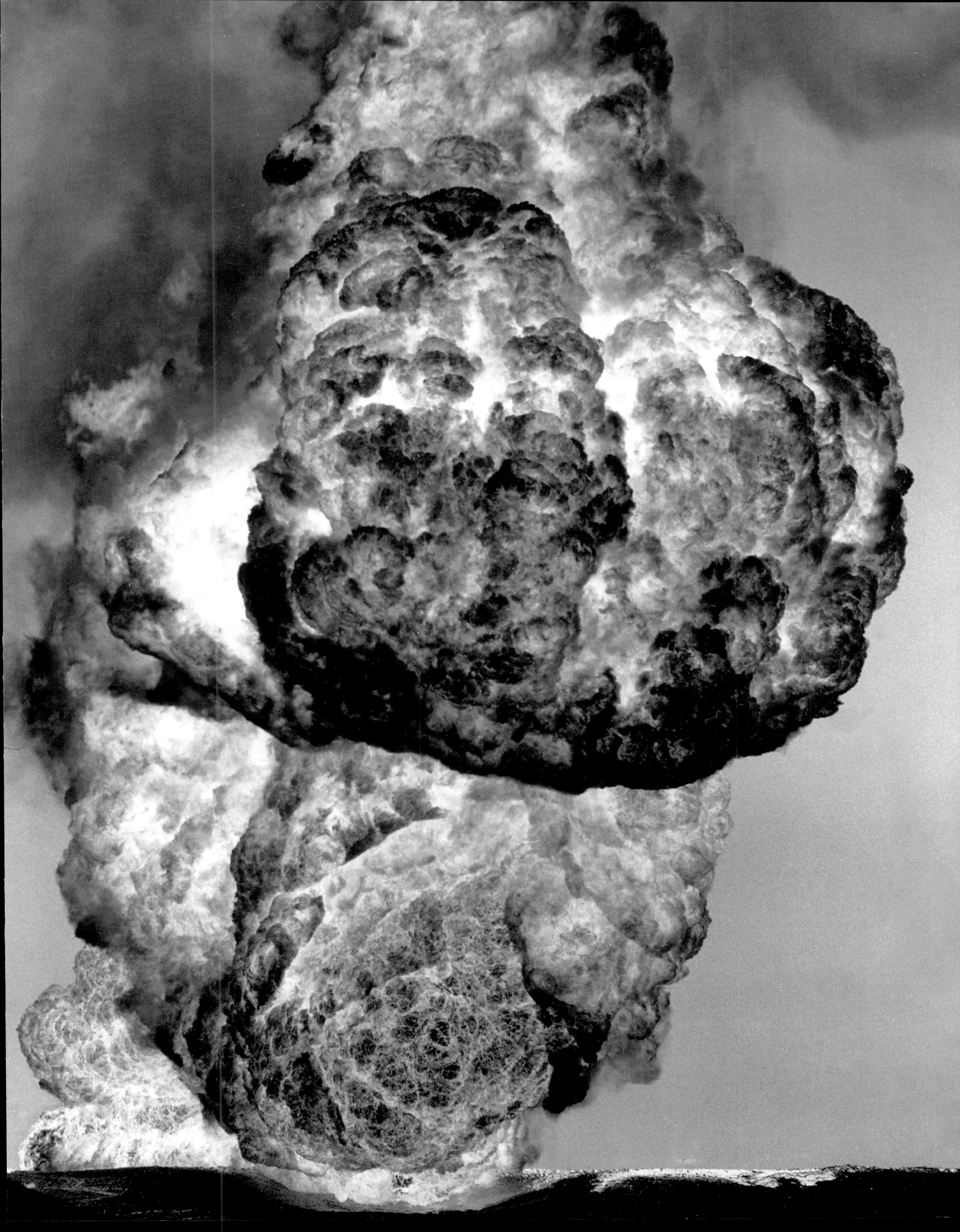

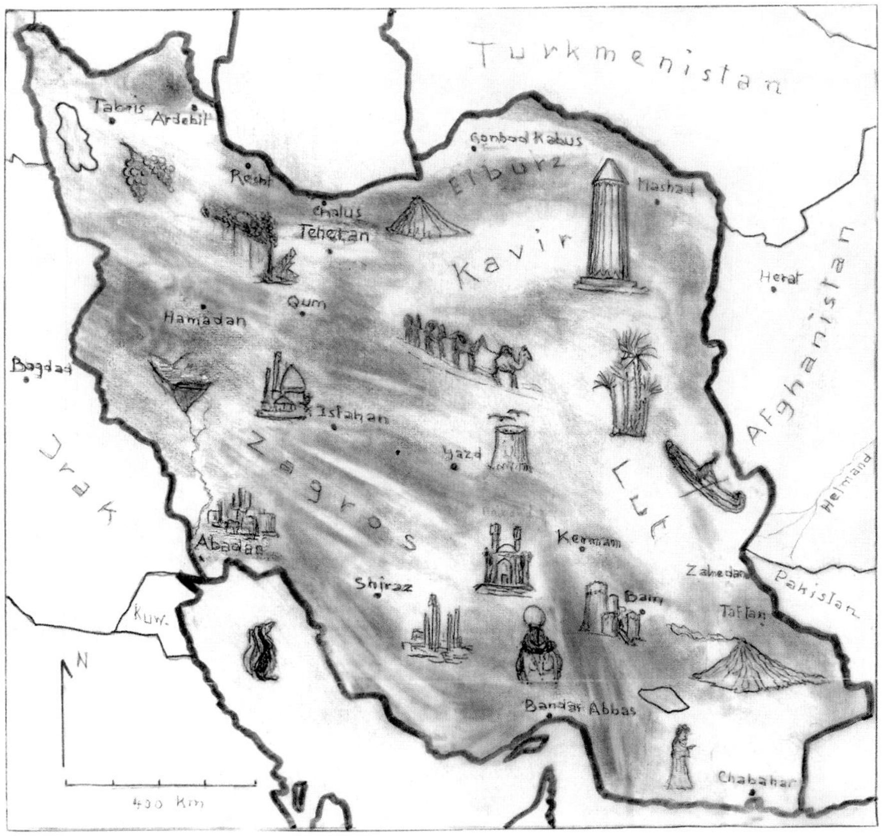

À la façon Augusto Gansser: auf Piktogramme reduzierte Karte des Iran.

schonen. Von allen Seiten wird Hilfe angeboten, aus Texas fliegen Experten ein, Meteorologen und Chemiker studieren Stärke und Richtung der Winde, und bald ist das Camp um Alborz Nr. 5, das ursprünglich 120 Personen umfasste, auf 1200 Personen angewachsen, unter ihnen 700 Armeeangehörige.

«Es war eine grosse Herausforderung: ein menschlicher Kampf gegen die Natur», hält Augusto Gansser fest. Während knapp drei Wochen werden Tag für Tag 80 000 Tonnen Öl in die Luft katapultiert – einer der gigantischsten Ausbrüche in der Geschichte der Ölförderung. Am 13. September beschliessen die Experten, dem Schauspiel ein Ende zu setzen, indem sie das austretende Gas aus der Ferne anzünden. «Es war das grösste von Menschen gemachte Feuer», mutmasst Gansser heute – und der Beginn einer der erfolgreichsten Ölgewinnungen des Iran ausserhalb des Gürtels am Persischen Golf. Nachdem im Erdinnern eine Verschiebung schliesslich zum Versiegen der Quelle führt, wagen die Geologen keine Nachbohrung an derselben Stelle. Doch für einmal nimmt Gansser in eigener Sache das Wort «Sensation» in den Mund: «Dieser Fund war ein riesiger Erfolg für die weitere Ölgewinnung Persiens.» Aus Dankbarkeit will ihm der Schah eine Medaille überreichen. Das aber unterbindet der Schweizer Botschafter mit der Begründung, Gansser sei schliesslich noch militärpflichtig.

So aufregend das Leben auf dem Feld ist, so idyllisch ist es in den eigenen Wänden. Das private Leben spielt sich im damaligen Teheran hinter hohen Mauern ab. Während auf der einen Seite Staub, Wüste und Öde liegen, tun sich auf der anderen wahre Paradiese auf: grüne Oasen, zarte Wasserspiele, Blumen, Haine mit Fruchtbäumen, Gemüsebeete. Die zu Beginn sechs- und später siebenköpfige Familie Gansser lebt in einem Aussenbezirk Teherans. Und während Kinder in Europa mit Hamstern und Katzen spielen, vergnügt sich die Gansser'sche Kinderschar mit Gazellen und Eseln. Das zahme Bambi ersteht Augusto Gansser auf dem Bazar, und den langohrigen Pancho bringt er aus der zentraliranischen Wüste heim. Stundenlang bewacht Bambi die Wiege mit Säugling Francesca und wird unruhig, wenn jemand zu nahe tritt. Zudem entwickelt es eine Abhängigkeit der besonderen Art: Die Zigarettenbox auf einem kleinen Tisch in der offenen Halle des Hauses hat es ihm angetan. In unbeobachteten Momenten schubst Bambi die Schachtel mit der Nase zu Boden, worauf sich die Zigaretten verteilen.

Dann schluckt es einen Glimmstängel nach dem anderen und hüpft darauf jeweils leicht berauscht in den Garten.

Nachdem Ministerpräsident Mohammed Mossadegh Anfang der fünfziger Jahre den Schah ins erste Exil zwingt und die Ölquellen sowie die Anglo-Iranian Oil Company verstaatlicht, ist der Hass breiter Kreise gegen Ausländer angestachelt. Auf Ganssers Firmenauto ist nun die Aufforderung zu lesen «Yankee go home». Bevor er sich morgens auf den Weg zum Hauptsitz der staatlichen Iranischen Ölgesellschaft macht, holt er jeweils Erkundungen ein, in welchen Gebieten der Stadt Unruhen und Schiessereien stattfinden. Die Kinder dürfen das Zuhause ohne Begleitung nicht verlassen, und Totis tägliche Fahrdienste vom Aussenbezirk ins Stadtzentrum zur amerikanischen Schule sind oft ein Spiessrutenlaufen. Dem Angriff der Revolutionäre entkommt sie einmal nur knapp. Steine schlagen auf ihren Wagen, und fast landet das Auto auf dem Dach. In einem unbeachteten Moment gelingt es ihr, die Tür zu öffnen und sich in einem Hauseingang in Sicherheit zu bringen, aus dem ihr eine Frau zugewinkt hat.

Die Situation beruhigt sich erst 1953 wieder, als der Schah mit seiner Familie zurückkehrt. Bald darauf sind Ganssers in Begleitung des Schweizer Botschafters Gast im hoch über Teheran gelegenen Palast. Nach dem Essen formieren sich zwei Volleyballmannschaften. Augusto ist im selben Team wie Soraya, die Frau des Schahs. Mit vollem Einsatz und allen Tricks versucht er, den Ball übers Netz zu bringen, bis ihm mit sanftem Nachdruck erklärt wird, dass der Ball zuerst Soraya zuzuspielen sei. Doch damit nicht genug. Gansser ist so im Element, dass er einmal heftig mit ihrer Mayestät zusammenstösst. «Mein Stottern und meine Entschuldigungen quittierte sie mit einem breiten Lächeln.»

Treuer Wächter: Haustier Bambi bei Francescas Kinderwagen.

Freie Wochenenden nutzt die Familie für Ausflüge – etwa an die kaspische Küste, deren Strände in dichten Dschungel übergehen. An einem Ort, an dem eine kristallklare Süsswasserquelle aus dem Sand bubbelt, schlagen Ganssers ihre Zelte auf. Gegen Ende des strahlenden Tages verdunkelt sich der Himmel hinter den Bergen zusehends, und mitten in der Nacht wird die Familie von sintflutartigen Regenfällen geweckt. Eltern und Kinder schaffen es gerade noch, die Zelte zu verlassen und sich auf einem Felsvorsprung in Sicherheit zu bringen, bevor eine Lawine dreckigen Wassers auf ihr Lager losdonnert, durchmischt mit

Wie ein Lampion: Nachtlager am Fluss Geh, Beluchistan.

Im Filzmantel: Hirt vom Kerman-Hochland (rechte Seite).

Geröll und entwurzelten Bäumen. Schnell ist das kleine Zelt weggespült und das grosse bis zum First mit Schlamm gefüllt. In der Morgendämmerung sammeln sie jene Gegenstände zusammen, die das Meer wieder zurückspült.

Doch auch Ganssers geologische Expeditionen sind nicht immer ganz ungefährlich. 1951 wird er vom persönlichen Piloten des Schahs nach Bandar-Abbas in Beluchistan geflogen. Er hat den Auftrag, in der Umgebung von Minab Stellen zu untersuchen, an denen paraffiniertes Öl vermutet wird. Kurz nach seiner Ankunft kommt ihm zu Ohren, dass eine damals berüchtigte Bande, die es vor allem auf die omnipräsente Polizei abgesehen hat, ihr Unwesen in der Gegend treibe. Kurz vor Ganssers Aufenthalt haben die Banditen eine Gruppe ausländischer Landwirtschaftsexperten verfolgt, die von einem grossen Polizeiaufgebot eskortiert wurde. Es kommt zu einem Gemetzel, das keiner der Ausländer überleben soll. Gansser beglückwünscht sich zu seinem Entscheid, allein zu reisen.

Wenn immer es ihm möglich ist, nimmt Augusto Toti mit. Während einiger freier Tage beschliesst das Paar, dem Zug der Kashgai-Nomaden zu folgen. Im September zieht der wichtigste Stamm im Iran jeweils von den Weiden in den Zagros-Bergen hinab in die warme Region nahe von Shiraz. Mehrere Tage folgen Ganssers dem Zug, aufgeteilt in verschiedene Familienstämme, begleitet von schwer beladenen Kamelen und Pferden und Tausenden von Schafen. Abends, wenn die Zöglinge ihr Lager aufschlagen, erhellen unzählige Feuer das Tal. Menschen wie Tiere sind festlich geschmückt, und die Leitkamele eines jeden Familienstammes tragen lange Glockenspiele um den Hals. Der wippende Gang lässt die Schellen in ruhigem Takt ertönen – «Musik, welche die Wüste lebendig macht», so Gansser. Auf seiner Veranda in Lugano hängt ein solches Glockenspiel. Mit dessen Klang heisst er bis heute jeden Morgen nach dem Aufstehen als Erstes den neuen Tag willkommen.

Auf heissen Steinen: Backen von Brotfladen in Mazanderan.
Flucht vor dem Regen: Chai Kaneh (Teehaus) in Mazanderan (rechte Seite).

An der Wassertränke: Ohne Treiber finden die Dromedare vom Atrak-Fluss zur Karawane zurück, Korum an der Grenze zu Russland (folgende Doppelseite).

Erodiertes Salz: Detail eines Salzdomes im nördlichen Kavir.

Fünf Salzdome auf einer Luftaufnahme: Nirgends auf der Welt ist die Dichte dieser Gebilde so hoch wie in der Wüste Kavir im Zentraliran. (rechte Seite).

Salzdom mit mehreren Kilometern Ausmass: Strukturen, wie diese in der Wüste Kavir, entstehen, wenn ein tief liegendes Salzlager aufgrund hohen Überlastungsdrucks durch jüngere Sedimente in die Höhe gepresst wird.

Balance-Akt: Angehörige des Beluch-Stammes auf dem Weg zur Wasserstelle, östlicher Golf von Bandar Abbas (rechte Seite).

Einsame Hochburg: Panorama der Stadt Naiband in der Wüste Lut, im Hintergrund der Berg Kuh-e-Naiband.

Herberge: Karawanserei Chehel Payeh (40 Tritte) in der südlichen Wüste Lut (folgende Doppelseite).

Auf offenem Meer: Ein Einheimischer bringt Gansser und seine Begleiter zu den Salzdom-Inseln.

Schmugglerschiff aus Pakistan (rechte Seite).

«Heiterkeit der Seele»
1963–1977: Bhutan

Das Warten ist aufreibend. Über viele Tage sind Augusto Ganssers Tagebucheintragungen kurz und trocken: «Wieder nichts gehört», «immer noch nichts geschehen», «zur Ablenkung ein Yoga-Buch gekauft.» Seine Haltung wird mit jeder Zeile spürbar angespannter. Er sitzt fest in Calcutta, rund um die Uhr von indischen Soldaten bewacht, die ihn gar auf den Gang zur Toilette begleiten. Keinesfalls will die Regierung den Geologen ohne Bewilligung gen Norden ziehen lassen, ins für Ausländer hermetisch abgeriegelte Bhutan, zu dem in seltenen Ausnahmen nur über die indische Grenze Zugang gewährt wird. In den zurückliegenden 350 Jahren ist das Land von nur gerade dreizehn europäischen Expeditionen besucht worden, zwölf davon waren britische Missionen. Und nun beabsichtigt Augusto Gansser, Regionen des Himalayas zu erforschen, in die noch nie ein Mensch vorgedrungen ist. Das kommt den Indern auch deshalb in die Quere, weil sie Anfang der sechziger Jahre die Ersten sein wollen, die Bhutan kartografisch erfassen.

Doch Gansser lässt sich nicht abbringen; manchmal wartet er wochenlang auf die nötigen Papiere. Zwischen 1963 und 1977 zieht es ihn fünf Mal für mehrere Monate ins Hochgebirge entlang der tibetischen Grenze. Erneut legt er Hunderte von Kilometern zu Fuss zurück, beobachtet, vermisst, rechnet, zeichnet, fotografiert – und soll der Erste sein, der Bhutans Geologie in Karten festhält.

Das kleine Königreich mit der längsten Kette noch unbestiegener Gletscherberge des Himalayas hat es

Neugierige Blicke: Augusto Gansser in bhutanesischer Tracht.

Zwanglos: Anlässlich eines religiösen Festes in Paro mischt sich der bhutanesische König Jigme Dorje unters Volk.

ihm angetan. «Lotusgarten der Götter» wird das Land auch genannt, dessen zahlreiche über 7000 Meter hohe Bergspitzen ewig weiss sind. 80 Prozent des Landes liegen auf über 2000 Meter Höhe. Zeichnungen in Ganssers Tagebüchern zeugen von der einzigartigen Natur: dem Nebeneinander alpiner und subtropischer Pflanzen, dichter Bambus- und Nadelholzwälder, Rhododendren bis zur Schneegrenze, blauer Mohnblumen, Zitrusfrüchte auf knapp 1500 Metern Höhe, kunstvoll terrassierte Reisfelder auf 2500 Meter Höhe, mächtige Zedern, an deren Äste bunte Orchideen wachsen. Immer wieder skizziert er die langhaarigen, zähen Yaks, ohne die seine Expeditionen undenkbar wären. Seine Fotografien halten Gesichter weiser, gutmütiger Menschen fest. Ihre Bescheidenheit, das von jeglichen Einflüssen der Moderne abgeschiedene Dasein, der von den Naturkräften bestimmte Lebensrhythmus berühren ihn. Trotz der Härte ihres Alltags scheinen ihm die Bhutaner frei und unbelastet – «wundervolle Menschen», resümiert er, «deren Seelen voller Heiterkeit sind».

Finanziert sind seine Expeditionen vom Schweizerischen Nationalfonds und von der Schweizer Stiftung für Alpine Forschung. Doch ohne Unterstützung des bhutanischen Königs Jigme Dorje Wangchuk wären die Abstecher in die einsamen Hochtäler undenkbar. Unter seinem Schutz und dank des persönlichen Interesses der gesamten Königsfamilie an seiner Arbeit kommt er erst an lokale Zulassungen, Lasttiere und Träger. Über den Schweizer Bhutan-Kenner Fritz von Schulthess gelingt es Gansser, Kontakt zum Könighaus zu knüpfen. Königin Kezang hat sich während eines Englandaufenthaltes mit einer Tochter Fritz von Schulthess' angefreundet, worauf deren Vater zum Vertrauten und persönlichen Berater Jigme Dorje Wangchuks wird. Er schickt Schweizer Fachleute für Forst- und Landwirtschaft nach Bhutan und verhilft dem Land zur ersten Funkverbindung. Der König wiederum lässt sein Herz in der Schweiz behandeln, reist mit seiner Frau zur Entbindung der ältesten Tochter nach Zürich und ist mehrfach Gast im Chamer Schloss der Familie von Schulthess.

Auch Augusto Gansser freundet sich mit der Königsfamilie an. Seine Tagebucheinträge berichten von manchem Besuch im Palast in Thimphu: vom grossen Empfangszimmer mit den Tigerfellteppichen und dem reich geschmückten Altar, von Teekränzchen mit Keksen aus der Schweiz, vom Werweissen mit dem König, ob in seinem Land Yetis vorkommen. Eine besondere Verbindung entwickelt sich zur Mutter des

Verjüngende Mauern, geschmückt mit kunstvoller Holzarbeit und ohne Nagel gebaut: In den burgähnlichen Bauten der Dzongs befinden sich Verwaltung und Hauptkloster des Distriktes.

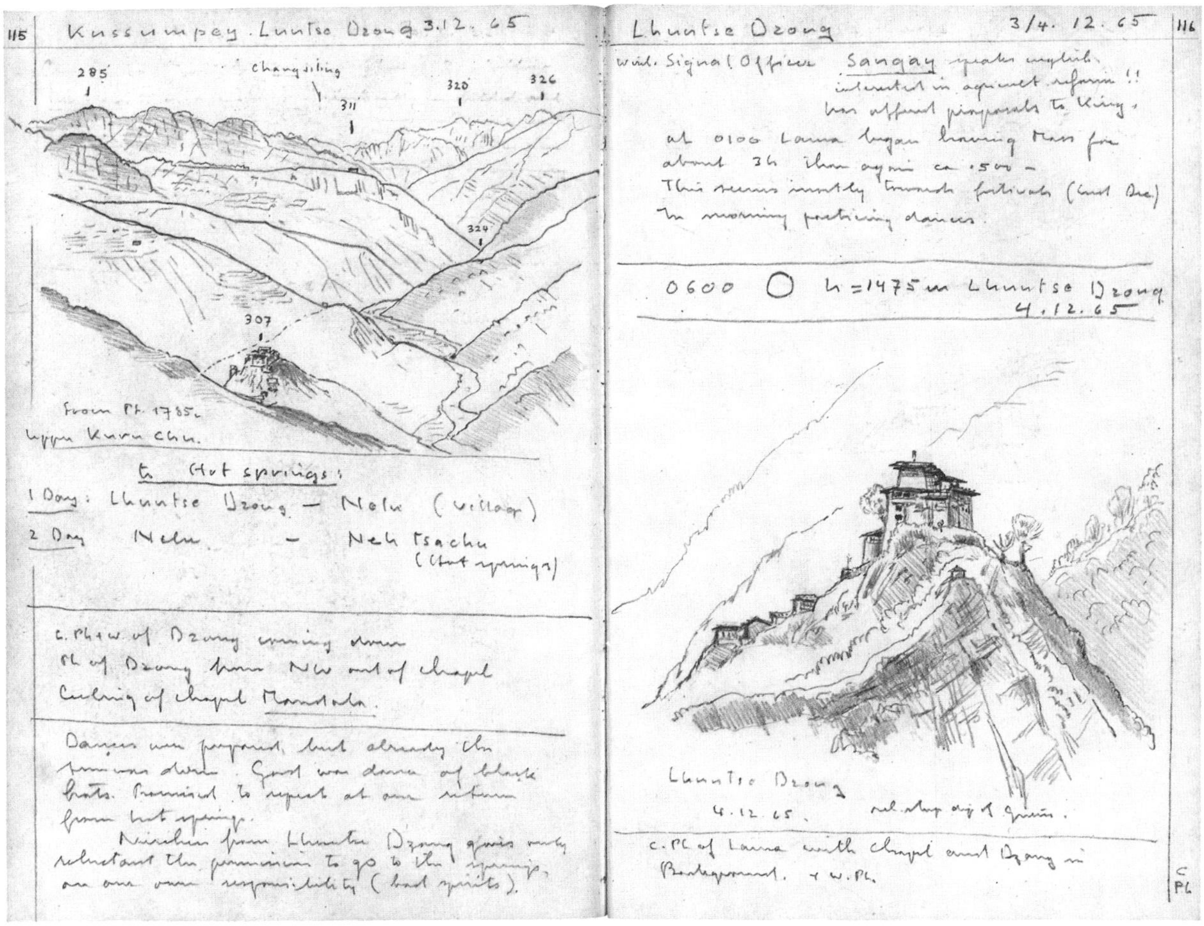
115
Kussumpey . Luntso Dzong 3.12. 65
285
Changsiling
311
320
326
324
307
from Pt. 1785
to Hot springs:
1 Day: Lhuntse Dzong — Nelu (village)
2 Day Nelu — Neh Tsachu
(Hot springs)
Lhuntse Dzong 3/4. 12. 65
116
Signal Officer Sangay
0600 h = 1475 m Lhuntse Dzong
4.12.65
Lhuntse Dzong
4.12.65.

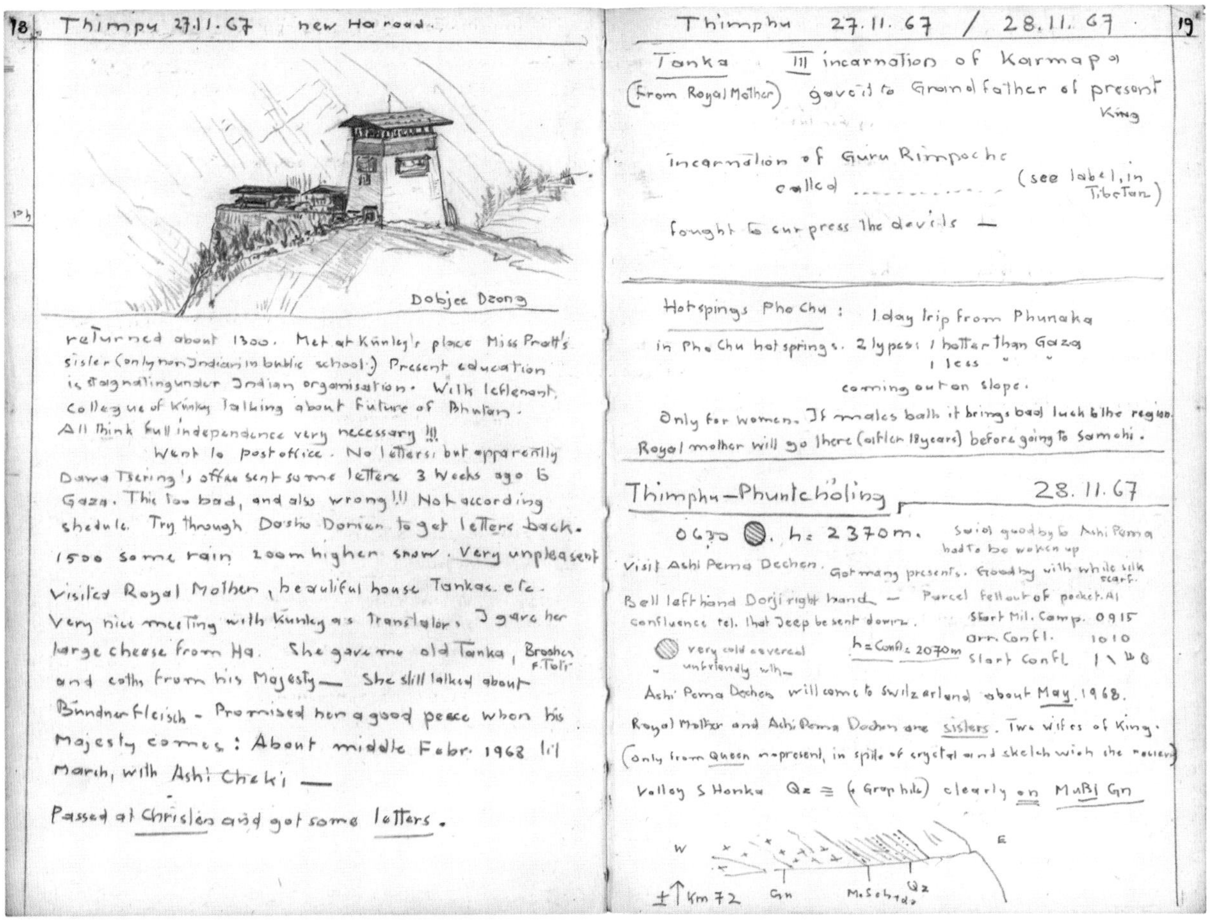
18
Thimpu 27.11.67 new Ha road.
Dobjee Dzong
returned about 1300. Met at Künley's place Miss Pratt's
sister (only non Indian in public school.) Present education
is stagnating under Indian organisation. With leftenant,
collegue of Künley talking about future of Bhutan.
All think full independence very necessary !!!
Went to post office. No letters, but apparently
Dawa Tsering's office sent some letters 3 weeks ago to
Gaza. This too bad, and also wrong!!! Not according
shedule. Try through Dasho Damien to get letters back.
1500 some rain 200m higher snow. Very unpleasent
Visited Royal Mother, beautiful house Tankas etc.
Very nice meeting with Künley as translator. I gave her
large cheese from Ha. She gave me old Tanka, Brooches
and cloths from his Majesty — She still talked about
Bündnerfleisch - Promised her a good peace when his
Majesty comes: About middle Febr. 1968 til
March, with Ashi Cheki —
Passed at Christen and got some letters.
Thimphu 27.11.67 / 28.11.67
19
Tanka III incarnation of Karmapa
(from Royal Mother) gave it to Grandfather of present
King
incarnation of Guru Rimpoche
called .... (see label, in
Tibetan)
fought to surpress the devils —
Hotspings Pho Chu: 1 day trip from Phunaka
in Pho Chu hot springs. 2 types: 1 hotter than Gaza
1 less " "
coming out on slope.
Only for women. If males bath it brings bad luck to the region.
Royal mother will go there (after 18 years) before going to Samchi.
Thimphu-Phuntcholing 28.11.67
0630 . h = 2370 m.
had to be woken up
Visit Ashi Pema Dechen. Got many presents. Good by with white silk
scarf.
Bell left hand Dorji right hand — Parcel fell out of pocket. At
confluence tel. that Jeep be sent down.
Start Mil. Camp. 0915
Arr. Confl. 1010
Start Confl. 1140
h = Confl. = 2070 m
very cold overcast
Ashi Pema Dechen will come to Switzerland about May 1968.
Royal Mother and Ashi Pema Dechen are sisters. Two wifes of King.
Valley S Honka Qz = (+ Graphite) clearly on MuBi Gn
W
E
± Km 72
Gn
Qz

Skizziert: Das Lhuntse Dzong, die Burg von Kurtö und Umgebung.
Im frühen Morgenlicht: lesender Mönch, im Hintergrund das Lhuntse Dzong (vorangehende Doppelseite).

Tanzreigen: Die Mädchen und Frauen von Laya (3800 m) sind die einzigen Bhutanesinnen, die ihre Haare lang haben. Zudem werden nirgends sonst im Land aus Bambus geflochtene Hüte getragen, gehalten von Perlenketten.

Königs; «sie hatte ein grosses Flair für meine Arbeit», so Gansser. Mit ihr unterhält er sich über Gott, die Welt und Steine. Im Wohnzimmer in Lugano hängen heute zwei von insgesamt vier einzigartig alten, feinen Thangkas aus Königsbesitz. Im Gegenzug macht Augusto Gansser der Königinmutter mit regelmässigen Bündnerfleisch-Lieferungen eine grosse Freude. Zudem überreicht er ihr und ihrem Sohn seine gesamten geologischen Karten und Skizzen des Landes – die Ersten ihrer Art.

Um zu diesen Resultaten zu gelangen, nimmt er erneut viel auf sich. Starke Regenfälle peitschen nieder, dichter Nebel verunmöglicht wochenlang jede Weitsicht, heftige Schneefälle schneiden den Weg über wichtige Pässe ab, zwingen zu Umwegen oder verunmöglichen jegliches Vorwärtskommen. Mitunter wiegen die Schneemassen so schwer, dass nicht nur die Träger, sondern auch die Yaks stecken bleiben. In Ganssers Tagebüchern ist auffallend oft von «Problemen» oder «Warten» die Rede: Warten auf Yaks, Maul-

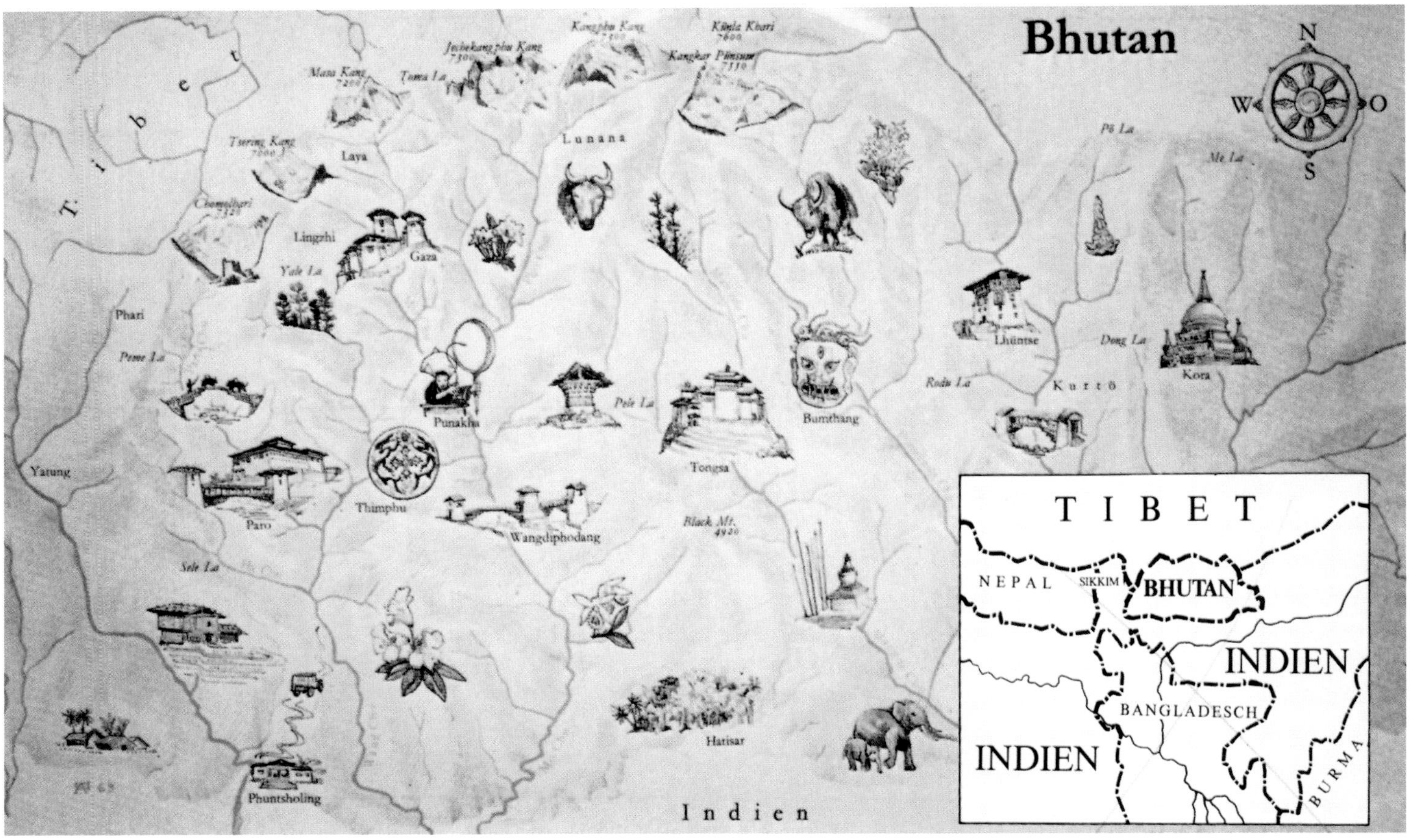

Bilderbuch-Karte: Bhutans Charakteristika.

Unterschiedliche geologische Perspektiven: Ansichtsskizzen der verschiedenen Strukturen neben Kartenskizzen der Topografie. (rechte Seite).

tiere, besseres Wetter und freie Sicht; Probleme mit dem Nachschub an Proviant oder mit Lawinenhängen. Um seine Begleiter nicht in Gefahr zu bringen, eilt er häufig voraus und löst Schneebretter aus.

Auf den langen Märschen stösst Gansser immer wieder auf Bräuche, die ihm bis dahin verborgen waren. So sieht er auf dem über 4000 Meter hohen Lamapik schon von weitem Geier kreisen. Auf dem Gipfel angekommen, entdeckt er einen grossen Stein, auf dem Schädel und Knochen verteilt sind. Später erfährt er, dass es in der Region des Landes Brauch ist, Leichen von drei- bis zehnjährigen Kindern aasfressenden Vögeln auszusetzen; die toten Körper kleinerer Kinder werden einem Fluss übergeben, jene von Jugendlichen verbrannt.

In der Zeitschrift «Die Alpen» beschreibt Gansser Anfang der achtziger Jahre Eindrücke seiner Expedition im Hochlanddistrikt Lunana, der nur über 5000 Meter hohe Pässe zugänglich ist: «Wegen der Abgeschiedenheit inmitten der Gletscherberge haben sich im Gedankengut der spärlichen Bevölkerung alte Legenden erhalten, die – nur mündlich überliefert – jetzt noch das Leben der gegen schwierigste Verhältnisse ankämpfenden Bauern und Yakzüchter stark beeinflussen. Meine zwei sonst so gesprächigen Begleiter in Ostlunanan verstummen plötzlich, wie wir uns der ge-

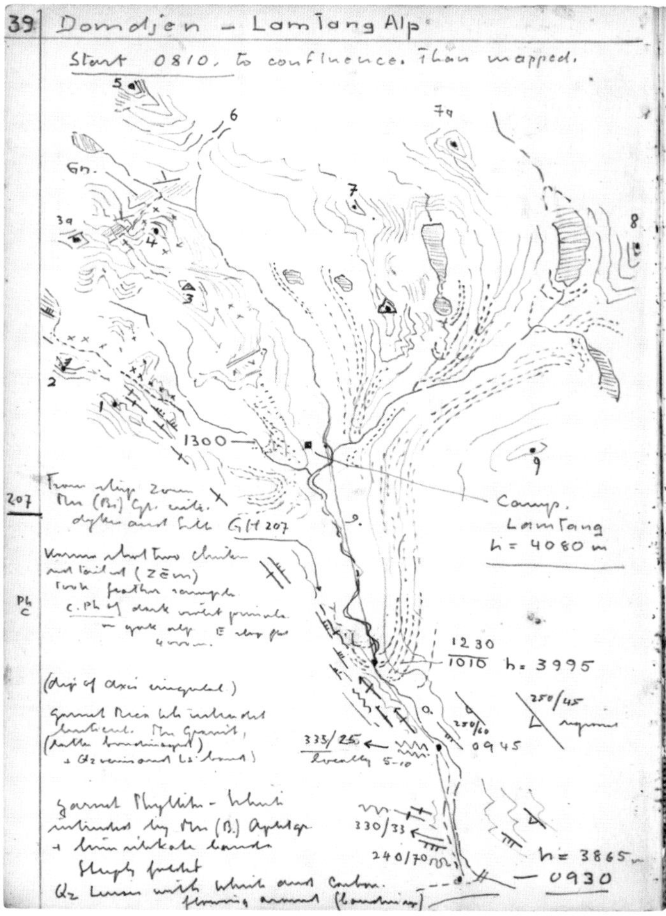
39
Domdjen – Lamtang Alp
Start 0810, to confluence. Then mapped.
Camp. Lamtang
h = 4080 m
1300
207
GH 207
1230
1010
h. 3995
0945
333/25
330/33
240/70
h = 3865 m
0930

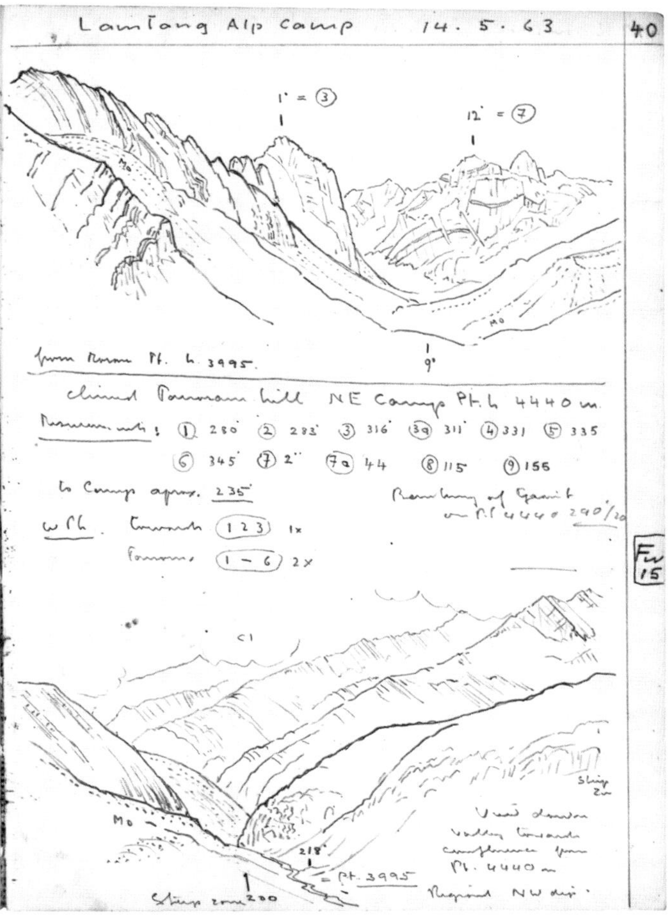
Lamtang Alp Camp 14. 5. 63
40
1' = (3)
12' = (7)
9'
h. 3995
NE Camp Pt. h 4440 m
(1) 280' (2) 283' (3) 316' (3a) 311' (4) 331 (5) 335
(6) 345' (7) 2'' (7a) 44 (8) 115 (9) 156
235'
240/20
(1 2 3) 1x
(1 – 6) 2x
Mo
218'
Pt. 3995
4440 m

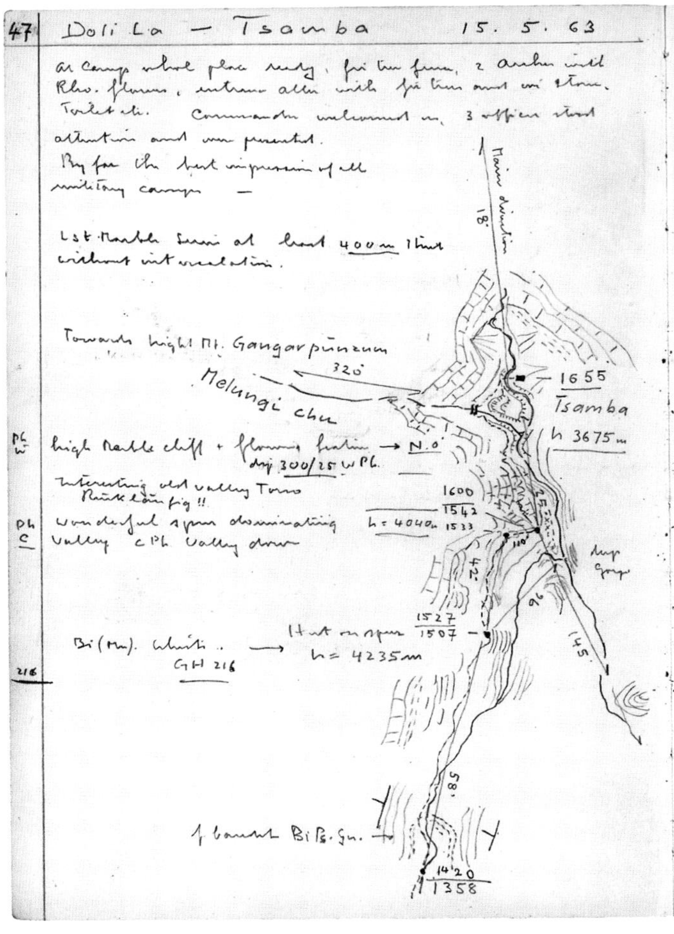
47
Doli La – Tsamba 15. 5. 63
400 m
Towards hight Mt. Gangarpünzum
320'
Melungi chu
1655
Tsamba
h 3675 m
N.0'
300/25
1600
1542
1533
h = 4040 m
1527
1507
h = 4235 m
GH 216
1420
1358

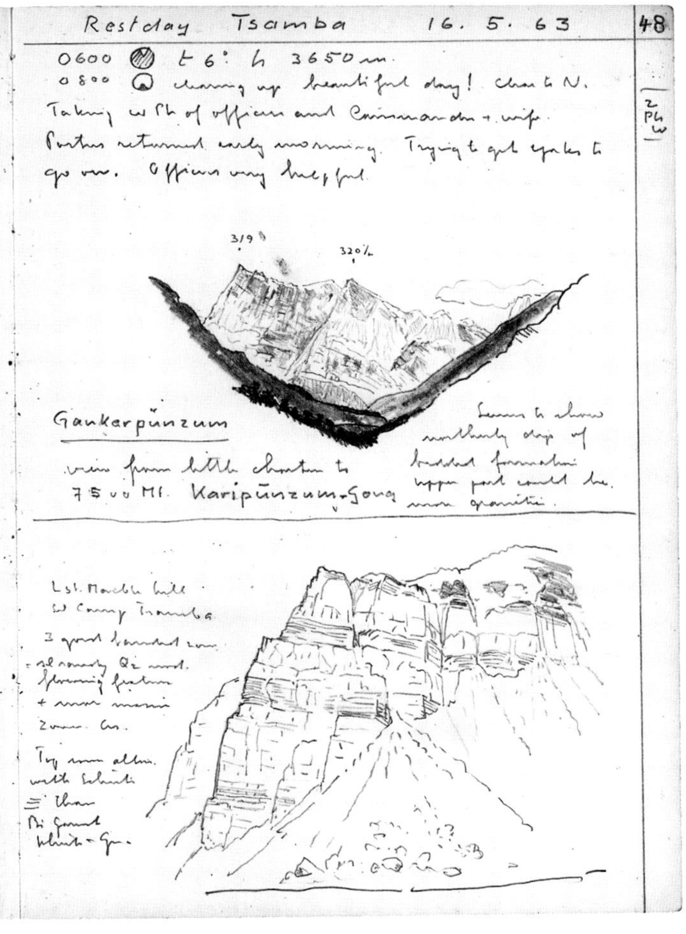
Restday Tsamba 16. 5. 63
48
0600 t 6° h 3650 m
0800
319
320½
Gankerpünzum
7500 Mt. Karipünzum-Gang

Mit hängender Zunge: Yak-Karawane am 5100 Meter hohen Karakachu La, dem westlichen Übergang nach Lunana.

Der «Gletscher des langen Lebens»: Hoch ragt der Isering Kang (7000 Meter) im Nordwesten Bhutans empor (rechte Seite).

waltigen Südwand des 7100 Meter hohen Zongophu Kang nähern. Zwischen der hohen Moräne und der Felswand liegt ein tiefer, dunkelblaugrüner See. Oben im düsteren Nebel lassen sich wilde Hängegletscher erkennen. Die beklemmende Stille wird nur hie und da durch herabfallende Blöcke oder durch das unheimliche Donnern einer Eislawine aus den umliegenden steilen Gletschern unterbrochen. Durch die spiegelglatte Fläche des Sees sieht man die Moräne abrupt in die dunkle Tiefe verschwinden. In der Felswand hinter dem See liegt eine schwarze Höhle. Doch wegen des ängstlichen Gebarens meiner Begleiter verzichte ich darauf, sie zu besuchen. Tatsächlich scheint etwas Unheimliches auf diesem Ort zu lasten. Hoch oben in den Wänden hört man eine geisterhafte Musik, die an das Singen von sandgeladenem Wüstenwind an Felswänden erinnert.»

Nachdem die Dreiergruppe ihr Lager eingerichtet hat, entwickelt sich ein Gespräch über den mysteriösen See. Gansser erfährt: «Es wohnt dort einer der sieben bösen Geister von Lunana. Vor langer Zeit wanderten diese sieben Geister, nachdem sie in Tibet besiegt worden waren, über die Gletscher in die abgelegenen Täler Lunanas. Die mächtigsten unter ihnen sind Parep und Nidupgelzen im spärlichen Wacholderwald beim kleinen Choso Dzong (ein Kloster, Anm. d. Aut.), dem abgelegensten Dzong Bhutans. Die Geister lieben diese höchsten Gebirgswälder, und wehe

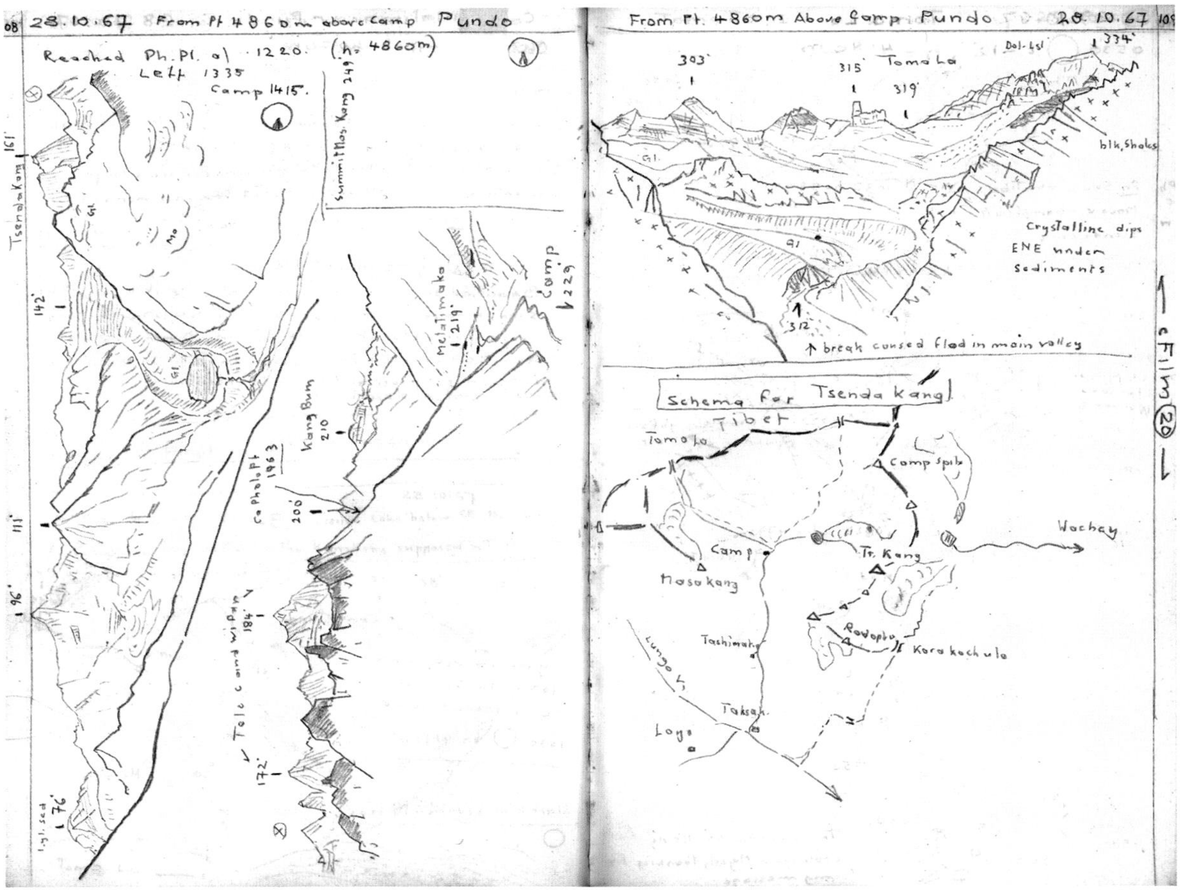

Im Feldbuch und fotografisch festgehalten: Starkes Schmelzen wie auch Wachsen des Gletschers, der von der Tsenda-Kang-Gruppe fliesst, könnten dazu führen, dass der See die Moräne durchbricht. Verheerende Überschwemmungen wären die Folge.

dem, der hier einen Baum fällen würde. Die bösen Geister werden auch für die katastrophalen Fluten verantwortlich gemacht, die durch den Ausbruch von Gletscherseen entstehen.»

Dieser Punkt der Legende lässt Augusto Gansser hellhörig werden. In den folgenden Expeditionen geht er denn auch der Frage nach, wo die Flutwellen, die durch den Eisfall überliegender Gletscher erzeugt werden, Moränendämme zerstörten. Während seines zweiten Bhutan-Besuchs 1965 entdeckt er mehrere Stellen an der Grenze zu Tibet, die zu den verheerenden Überschwemmungen geführt haben müssen. 1967, nach seiner dritten Exkursion, überreicht er dem König eine Karte mit den gefährlichsten Seen und den bedrohten Tälern. Seither kann der Ausbruch sintflutartiger Wassermassen frühzeitig erkannt und die Bevölkerung rechtzeitig vorgewarnt werden.

15 Jahre später widmet Gansser sein viel gepriesenes und mit höchsten Auszeichnungen bedachtes Buch «Geology of the Bhutan Himalaja» jenem Menschen, ohne den seine Forschungen undenkbar gewesen wären: König Jigme Dorje Wangchuck. Bis heute gilt das Buch als Standardwerk und bietet nach wie vor die einzige umfassende Grundlage für weiterführende Forschungen.

Wilde Namenlose: Bergkette südöstlich des Masang Kangs.

Aufbruch morgens früh: Laden der Yaks vor dem langen Tagesmarsch.

Wieder ein unbekannter Riese: Moränen des letzten glazialen Stadiums am Fusse eines Siebentausenders (rechte Seite).

Schroffe Wände: der obere Teil des über 7000 Meter hohen Tsenda-Kang-Gebirges mit seinen imposanten Hängegletschern.

«Irgendwo existiert irgendetwas Grösseres»
Frühling 2008: Lugano

Wie jeden Morgen öffnet sich auch an diesem Tag die Glastür von Augusto Ganssers Schlafzimmer hinaus auf die Veranda. Mit Hilfe seines Gehbocks und einer Faserpelzjacke über dem Pyjama tut er das, was er nach dem Aufstehen jeweils als Erstes macht: den neuen Tag mit Glockentönen willkommen heissen. Die eine Hand auf den Gehbock gestützt, umfasst er mit der anderen die oberste und grösste der sechs übereinanderhängenden Schellen an der Hauswand und bewegt sie im Rhythmus jener Tiere, an deren Hals sie vor über fünfzig Jahren hingen: den Leitkamelen in Persien. Das Gebimmel ruft die Weite der Wüste und das Ziehen der langen Karawanen ins Gedächtnis zurück und lässt ihn den Satz wiederholen, der so häufig fällt: «Je älter man wird, umso wichtiger werden die Erinnerungen.»

Beim Frühstückskaffee antwortet er auf die Frage nach der schönsten Erinnerung in seinem Leben postwendend: «Meine Toti.» Und dann beginnt er von den Stunden des letzten Abschieds zu erzählen: von Totis Wunsch, ihre Asche möge im Meer vor Sardinien verstreut werden; und zwar genau dort, wohin sie mit ihrem Mann Hunderte von Malen geschwommen war: um einen Felsen an der Costa Smeralda, auf dem meist eine Möwe sass, die sie Jonathan nannten, und wo das Wasser in den schönsten Smaragdtönen schimmerte. Und so reiste Augusto Gansser im Oktober 2000 mit seinen Kindern nach Italien. Im Ferienhaus in Liscia di Vacca angekommen, sammelte die Familie im Garten einen Korb voller Blüten. Dann stiegen sie in ein Boot und fuhren hinaus aufs Meer. Noch fehlte Jonathan. Doch während sie auf den Felsen zusteuerten, setzte er sich auf seinen Stammplatz.

Morgenritual: Einläuten des neuen Tages mit dem Glockenspiel eines persischen Leitkamels.

Plötzlich versiegt Ganssers Stimme. Er schaut über die Brüstung der Veranda hinab in den Garten, durch die blühenden Bäume auf den See und die noch leicht schneebedeckten Kuppen der Berge im Hintergrund. Für heute bleibt es ruhig und scheint die Geschichte ihr Ende gefunden zu haben. In seinen Aufzeichnungen hält er den weiteren Fortgang so fest: «Zusammen gaben wir die Asche ins Meer, die sich im dunklen, kristallklaren Wasser wie ein weisser Schleier in den langsamen Wellen ausbreitete. Wir bedeckten die ganze Fläche mit Blüten; sie bildeten einen wunderbaren Teppich auf der Meeresoberfläche. In der leichten Strömung verschwand alles

Im Alter von 87 Jahren gezeichnet: vom Winde verwitterte Formationen, Khaolak, Thailand.

Porträt von 1998 (rechte Seite).

mehr und mehr. Nach einer Weile begleitete uns nur noch eine Hibiskusblüte. Aber bis zum Horizont konnte man auf dem intensiven Blau des Meeres noch kleine farbige Flecken erahnen. Und so ging ein grosses Leben zu Ende, la Moglie d'un Geologo*, mit einem strahlenden und unvergesslichen Tag. Wie sie es wollte!»

In der Nacht nach dem Gespräch auf der Veranda war Augusto Gansser erwacht. Morgens um drei Uhr suchte er einen Fortgang der Unterhaltung vom Vortag. Auf der Bettkante sitzend sagte er: «Ich bin kein gläubiger Mensch. Aber irgendwo existiert irgendetwas Grösseres. Ich habe keine Angst vor dem Ende des Lebens. Wenn es kommt, kommt es.»

Seinen Abschied wünscht er sich ähnlich wie den Totis – aber: «Statt Blumen soll mich mein Geologenhammer begleiten.»

* «La Moglie d'un Geologo» bedeutet «die Frau eines Geologen». So hatte Augusto Gansser seine schriftlichen Erinnerungen an Toti aus dem Jahr 2000 betitelt, die an ihrem Todestag druckfrisch vorlagen.

Deng Xiaoping und Augusto Gansser: Einladung zu einem internationalen wissenschaftlichen Symposium, organisiert von der Academia Sinica in Peking, 1980.

Kasten mit Filmrollen: Wie es begann – und was bleibt (rechte Seite).

1910 28. Oktober: Augusto Gansser kommt in Mailand als Sohn von Auslandschweizern zur Welt. Der aus Basel stammende Vater ist Kaufmann und leitet ein Unternehmen für Gerbereiextrakte in Mailand.
1914 Rückkehr nach Lugano, Schulen in Lugano und Trogen
1929 Studium der Geologie an der Universität Zürich
1934 Expedition unter dem dänischen Forscher Lauge Koch an die Ostküste Grönlands
1936 Promotion
1936 Expedition in den Himalaya mit Arnold Heim. Gansser entdeckt die geologische Nahtstelle zwischen Indien und dem übrigen Asien am Fusse des Kailas und ist der erste Geologe, der den heiligen Berg im Südwesten Tibets erforscht.
1937 Heirat mit der Luganeserin Linda Biaggi, genannt Toti
1938–1946 Kolumbien: Im Auftrag des Ölkonzerns Shell nimmt Gansser geologische Untersuchungen vor.
1941 Geburt der ersten Tochter Ursula
1943 Geburt des ersten Sohnes Mario
1945 Geburt des zweiten Sohnes Luca
1947–1949 Trinidad: Gansser folgt erneut dem Ruf von Shell
1949 Geburt der zweiten Tochter Manuela in Lugano
1950–1957 Persien: Gansser, Chefgeologe der staatlichen iranischen Ölgesellschaft, sucht im Auftrag des Schahs nach Öl.
1956 Geburt der dritten Tochter Francesca in Persien
1958 Berufung zum Professor für Geologie an der Eidgenössischen Technischen Hochschule (ETH) und der Universität Zürich. Gansser wird Leiter der Abteilung für Geologie an der ETH. Fortsetzung der Forschungen in Ladakh, Nepal, Bhutan, der kanadischen Arktis, dem Ural, Afghanistan, Patagonien und der Antarktis.
1959 Geburt der vierten Tochter Rosanna in Zürich
1963–1977 Fünf geologische Expeditionen in Bhutan: Gansser erforscht die nördlichen Hochgebirge entlang der tibetischen Grenze und ist der Erste, der das Land kartografiert.
1968 Gansser begleitet eine Forschungsgruppe ins Axel-Heiberg-Land, die letzte Insel des kanadischen Archipels.
1977 Emeritierung. Danach bereist Gansser die ganze Welt und publiziert viel.
1978 Besuch des polaren Ural als Gast der russischen Akademie der Geologie
1980 und 1985 Gansser wird vom chinesischen Führer Deng Xiaoping zu Exkursionen durch Tibet eingeladen.
1982 Vergabe der Gustav-Steinmann-Medaille; besonders gewürdigt werden Ganssers «grundlegende Beiträge zur Kenntnis der grossen Kettengebirge, von den Anden über die Alpen und die iranischen Ketten zum Himalaja» und sein «unermüdlicher und begeisterter Einsatz für die Schlüsselrolle der Feldbeobachtung».
1983 Die Universität von Peshawar in Pakistan ehrt Gansser mit dem Titel «Baba Himalaja» (Vater des Himalaja).
1998 Ehrung mit der «King Albert Medal of Merit» der Schweizer King Albert Memorial Foundation
2000 Tod von Toti nach langjähriger Alzheimererkrankung
2005 Ehrenmitglied der «Nepal Geological Society»

Mitgliedschaften und Auszeichnungen:

«Wollaston Medal of the Royal Geographical Society of London»
«Prix Gaudry der Geologischen Gesellschaft Frankreich»
«King Albert Medal of Merit» für seine Erforschung der Berge
Mitglied der «National Academy of Sciences» (USA)
Mitglied der «Accademia Nazionale dei Lincei» (Rom)
Geehrt mit dem Titel «Baba Himalaja» (Vater des Himalaja) von der Universität Peshawar, Pakistan

Monographien:

Augusto Gansser: Geology of the Himalajas, Interscience Publishers, London, New York, Sidney, 1964.
Augusto Gansser: Geology of the Bhutan Himalaja, Birkhäuser Verlag, Basel, Boston, Stuttgart, 1983.

Weitere Bücher:

Arnold Heim und Augusto Gansser: Thron der Götter: Erlebnisse der ersten Schweizer Himalaja-Expedition, Zürich, 1938.
Ursula Markus, Augusto Gansser, Blanche Olschak: Bhutan: Verborgene Schätze in Bhutan, Verlag Hallwag, 1969.
Ursula Markus, Augusto Gansser, Blanche Olschak: Bhutan: Königreich im Himalaja, Atlantis Verlag, Freiburg im Breisgau, 1983.
Augusto Gansser: Schalensteine, Verlag Dr. Christian Müller-Straten, München, 1999.

Im Selbstverlag erschienen:

Hands: Prehistoric Visiting Cards, 1995.
La Moglie d'un Geologo, 2000.
La Macarena, 2000.
Inside the Walls: Persia during the Fifties, 2002.
Amarcord, 2004.

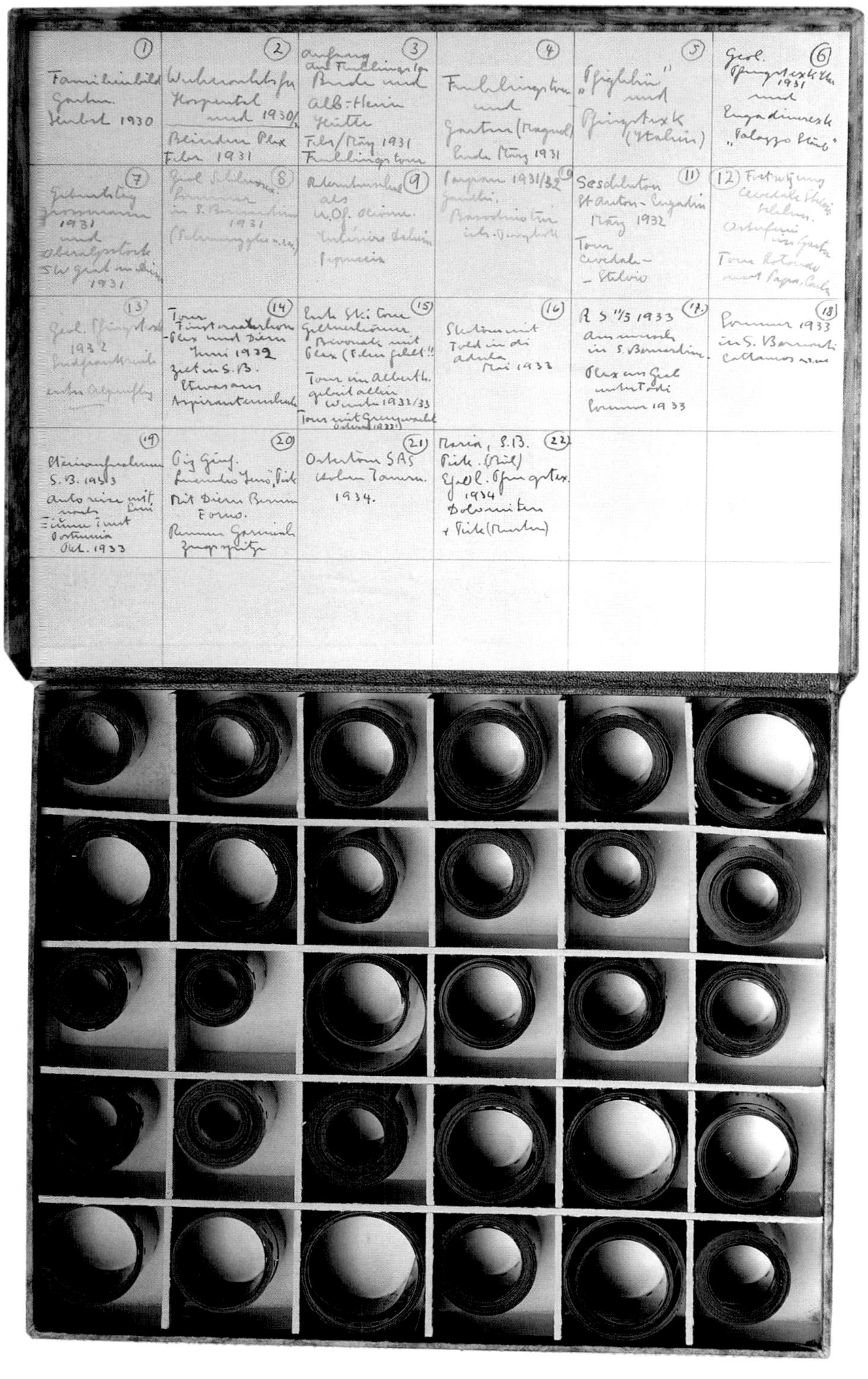

Dank

Von Herzen danken möchte ich Peter Schindler, Manuela und Michael Darling, Maria und Tönet Töndury, Paula und Angelo Lanfranconi, Mara Hegglin, Sibylle Franks, Rudolf Trümpy, August Sidler, Helmut Weissert, Niklaus Sieber, Filippo Bianconi, Tom Gyr, Walter Jung, Hanspeter Funk, Willy Finger, Ueli Briegel, Jovan Stöcklin, Pius Bissig. Ohne ihre Unterstützung wäre dieses Buch nicht zustande gekommen. Ein spezieller Dank geht an Daria Pezzoli und Marco Volken, sie beide gaben mir die Idee, dieses Buch zu realisieren. Ein grosser Dank an die Autorin Ursula Eichenberger, die mit ihrer grossen Einfühlsamkeit meinem Vater sehr nahe kam. Auch Heinz von Arx, Peter Schnyder, Urs Bolz und Matthias Weber vom AS Verlag danke ich für ihre kompetente und unkomplizierte Arbeit.

Neben meinen Geschwistern mit ihren Familien und meinen Kindern mit Partnern, denen ich immer dankbar bin, möchte ich meiner Cousine Wanda Gansser, die meinen Vater stets mit liebevollen Aufmerksamkeiten verwöhnt, sowie meinem Cousin Giovanni Kappenberger danken. Als Glaziologe ist er der einzige der Familie, der sich mit meinem Vater im Fachjargon austauschen kann und ihn zudem immer wieder mit Serenaden auf der Gitarre überrascht. Ganz speziell danken möchte ich schliesslich Katia und Micha Hercegfalvi für ihre sonnige, liebevolle und humorvolle Umsorgung meines Vaters.

Ursula Markus-Gansser, Sommer 2008